Véronique Bizot
Meine Krönung

AF154303

VÉRONIQUE BIZOT

MEINE KRÖNUNG

Aus dem Französischen von
Tobias Scheffel und Claudia Steinitz

Roman
Steidl Pocket

Eins

Am Ende sind die Leute dann doch irgendwann gegangen, und ich war wieder allein in der Wohnung, mit Madame Ambrunaz, die in der Küche Linsen kochte, ich hörte das Rasseln der Linsen beim Waschen, ich dachte, dass man die Linsen aus Le Puy, die ich immer im Supermarkt kaufe, gar nicht zu waschen braucht und dass ich sie obendrein heute Abend ganz bestimmt nicht essen würde. Kaum waren die Leute weg, hat Madame Ambrunaz Zwiebeln angebräunt, und sofort hat sich dieser Zwiebelgeruch ausgebreitet und sich mit der Unordnung in der Wohnung gemischt. Die Unordnung in der Wohnung ist offen gestanden gewaltig, was für eine Unordnung, müssen die Leute gedacht haben, aber der Umstände wegen schien ihnen das nicht aufzufallen, auch nicht der Staub, sie sind über die Sachen hinweggestiegen, die im Flur herumliegen, der Trittleiter ausgewichen, die mitten im Wohnzimmer steht, und mit ihren ausgestreckten Händen und ihrem Lächeln direkt auf mich zugekommen. Gut, gut, habe ich mir gesagt, da sind Leute. Das ging mehrere Stunden so, aber Gott sei Dank hatte ich die Trittleiter, um mich an ihr festzuklammern, niemand hätte mich von dieser Trittleiter losreißen können. So viele Leute wie ich seit Ewigkeiten nicht mehr gesehen hatte. Den ganzen Nachmittag hatte Madame Ambrunaz unaufhörlich die Tür für sie auf- und zugemacht, und als dann die letzten gegangen waren und sie mit einem Blick ins Treppenhaus feststellte, dass keine weiteren mehr kamen, hat sie gesagt: Ich werde Ihnen schöne kleine Linsen kochen. Oder: einen schönen Teller kleine Linsen. Dass Linsen klein sind, ist eine Tatsache, habe ich gedacht. Ich hielt mich immer noch an der Trittleiter fest und lauschte, man weiß ja nie, auf weitere Schritte auf der Treppe. Auf einem Tisch mitten in dem Durcheinander sah ich eine Schale mit Mandarinen, einige in Seidenpapier gewickelt, woher diese Mandarinen kamen – schleierhaft. Wahrscheinlich eine hastige Initiative von Madame Ambrunaz, um die Wohnung frischer und gepflegter erscheinen zu lassen, für all diese Leute, die gleich nach der Bekanntgabe meiner Krönung dort aufzumarschieren begannen, womit sie uns beide überrumpelten. Ein erstes Klingeln und dann hörte es nicht mehr auf. Eine Beobachtung, wenn ich recht verstanden habe, die ich früher mal in meinem Physiklabor gemacht haben soll und die heute Anwendung finde, weshalb ein Teil der Menschheit auf einmal durch mich von einem ihrer Übel erlöst sei. Umso besser, umso besser. Man wollte mich fotografieren und filmen, aber dafür musste man auch die Trittleiter fotografieren und filmen, ich habe diese Trittleiter den ganzen Nachmittag nicht losgelassen. Was die Trittleiter mitten im Wohnzimmer macht, weiß ich nicht mehr. Hatte ich vor, die Glühbirne in der Deckenlampe zu wechseln, ein Stück Vorhang wieder aufzuhängen, ein Bild von der Wand zu nehmen? Und wie werde ich auf diesen Fotos und diesen Filmen aussehen? Wie wollen Sie schon aussehen?, wird Madame Ambrunaz sagen, wenn ich ihr von meiner Sorge erzähle. Ich trage meine alte Brille, solange ich auf die andere warte, auf die ich mich neulich dummerweise gesetzt habe und die zur Reparatur beim

Optiker ist. Ich habe auch meine alte Cordhose und mein altes Polohemd aus Wolle an, über das Madame Ambrunaz mich beim ersten Klingeln eine Jacke hat ziehen lassen. Völlig unnötig, habe ich beim Anziehen gesagt, das ist bestimmt mein Bruder, gehen Sie ihm lieber öffnen. Von wegen, hat Madame Ambrunaz gesagt, Ihr Bruder allein würde nicht solch einen Lärm machen. Tatsächlich war da so ein ganz ungewöhnliches Stimmengewirr im Hausflur, eine Art Getrappel, und der Fahrstuhl stand gar nicht mehr still. Dann hörte ich den Aufschrei von Madame Ambrunaz, als sie plötzlich all diesen Leuten gegenüberstand, und ich dachte, es seien die Zeugen Jehovas, die zu den unmöglichsten Zeiten bei den Leuten klingeln, und es kam mir im Grunde nicht ungelegen, diese raue Jacke anzuhaben, um ihnen entgegenzutreten. In der Diele wurde das Stimmengewirr lauter, dann kam Madame Ambrunaz wieder ins Wohnzimmer und machte mir Vorwürfe, weil ich schon wieder seit Wochen meine Post nicht gelesen habe und nicht ans Telefon gegangen bin, denn hätte ich meine Post gelesen oder wäre ich ans Telefon gegangen, hätte ich erfahren, dass ich wissenschaftlich gekrönt worden bin, sagte sie kopfschüttelnd und schulterzuckend, woraufhin sie wieder hinausging und ich sie sagen hörte, dass ich bereit sei, wenn Sie bitte hereinkommen wollen. Wissenschaftlich gekrönt?, habe ich in Gedanken wiederholt, während ich in der Mitte des Zimmers stand. Ich begriff überhaupt nicht, wovon die Rede war. Mit einem Schlag war das Wohnzimmer voll von Händen, die sich mir entgegenstreckten, voll von Lächeln und Glückwünschen, und ich näherte mich ganz instinktiv der Trittleiter. Mitten in all dem räumte Madame Ambrunaz

Stühle frei und schüttelte Kissen auf, obwohl sich niemand setzte, abgesehen von einer sehr alten Dame, die mich beim Vornamen nannte, Tennisschuhe mit dicken Sohlen trug und an die ich mich nicht im Geringsten erinnerte.

Zwei

Als ich noch Auto fuhr, war ich regelmäßig am Meer, vermutlich, um Schiffe zu sehen. Diese Erinnerung ist nicht weiter wichtig, auf jeden Fall verließ ich das Labor früh am Nachmittag, kaufte in der Cafeteria ein Sandwich, setzte mich in mein Auto und war keine zwei Stunden später an einem Hafen. Der Hafen langweilte mich schnell, ebenso die mit Fachwerk überladenen Gassen, sodass ich mich bald an einem Casinotisch wiederfand. Heute nehme ich den Bus mit Menschen meines Alters. Wie wir so mitten am Tag in diesem Bus sitzen und aus dem Fenster schauen, sehen wir alle aus, als würden wir denken, dass der Bus uns in Wahrheit weder ans Meer noch sonst irgendwohin bringen wird. Warum wir diesen Bus genommen haben – ich für meinen Teil wäre außerstande das zu sagen. Ein paar Schritte die Rue Saint-Lazare entlang und schon bin ich eingestiegen. Die Rue Saint-Lazare ist unbestreitbar eine der deprimierendsten Verkehrsadern von Paris, neben ein paar anderen, wo man Alten wie mir begegnet, die in Regenmänteln von zweifelhafter Sauberkeit aus ihren verwohnten, vollgestopften, stillen Zimmern heruntergekommen sind – überflüssig zu erwähnen, dass es eine Zeit gab, in der keiner von uns eine Minute übrig hatte. Manchmal sieht man einen auf dem Trottoir zusammensinken, aus den Falten seines Mantels fallen Kartoffeln und rollen in den Rinnstein, oder eine Zeitung fliegt davon, und eine Sekunde später wird er von einem schlauen Passanten für tot erklärt.

Mögen wir uns auch in relativer Sicherheit wähnen, wenn wir mitten am Tag in einem fast leeren, gut geheizten Bus sitzen, zu unangenehmen Zwischenfällen kann es immer kommen. Neulich schrie eine Dame, als sie den Eiffelturm auftauchen sah, den Busfahrer an, er habe sich im Weg geirrt. Ich fahre nicht zum Eiffelturm, schrie diese Dame und drohte so, einen Aufstand zu machen, dass der Fahrer anhielt und sie aufforderte, auszusteigen. Aber die Dame weigerte sich kategorisch auszusteigen, sie verlangte, der Bus solle kehrtmachen, und da es aussah, als würde sich die Sache ewig hinziehen, war ich es, der an ihrer Stelle den Bus verließ und nun vor dem Eiffelturm stand, zu dem ich ebenso wenig gewollt hatte wie die Dame. An eben diesem Tag, am Fuße des Eiffelturms, der schützenden Hülle des Busses beraubt, erlitt ich meinen ersten Schwächeanfall, der sich durch ein seltsames Gefühl allgemeinen Schwebens äußerte. Es war, als würde ich nichts mehr wiegen. Als ich die Dummheit beging, mich Madame Ambrunaz zu offenbaren, obwohl ich die Wahrnehmung meines Gewichts inzwischen wiedergefunden hatte, flitzte sie in die Küche, um mir das erste einer langen Reihe von Linsengerichten zu kochen, wonach sie den Doktor aus dem dritten Stock kommen ließ, Doktor Manière, drei Jahre älter als ich, wie ich an jenem Tag erfuhr, an Schlaflosigkeit leidend und einstiger Gerichtsmediziner. Dass Doktor Manière an Schlaflosigkeit litt, hatte ich schon wegen diverser nächtlicher Geräusche geargwöhnt, die von oben durch die Decke drangen. Ich würde gern wissen, was er während seiner Schlaflosigkeit treibt. Ich habe den Eindruck, dass er viel Wasser laufen lässt. Er hatte eine Kombination aus Pyjama und Wollsachen an, und ich muss sagen, dass es dem Ganzen an Sauberkeit fehlte. Aber im Grunde ist es das, woran es uns allen fehlt, wenn wir ein gewisses Alter erreicht haben, sogar denen unter uns, die noch zum Friseur gehen und sich die Mühe machen, Seidentüchlein um den Hals zu tragen. Ich dankte ihm, dass er den Weg auf sich genommen hatte – eine Etage hinabsteigen konnte ihn schwerlich erschöpft haben–, obwohl ich nicht glaubte, dass eine Untersuchung nötig sei, präzisierte ich. Ich bin Gerichtsmediziner, präzisierte der Doktor, ich behandle nicht, und er ließ sich in dem bequemen Sessel vor dem Kamin nieder, in dem gewöhnlich ich sitze, sodass ich verwirrt einen Ort suchen musste, wo wiederum ich Platz nehmen konnte. Der Doktor sah sich im Zimmer um, als wäre ich nicht da. Ich wies ihn dennoch darauf hin, dass ich nicht sehr besorgt um meine Gesundheit sei, dieses Gefühl des Schwebens, das ich vor dem Eiffelturm empfunden hatte, begleitet von einer leichten Verwirrung, sei nur vorübergehend und vollkommen schmerzlos gewesen, ich sei nicht gestürzt, nicht mal ins Stolpern geraten, ich hätte keine Sehstörungen gehabt, mein Herzrhythmus habe sich nicht beschleunigt, mein Puls, verkündete ich nachdrücklich, sei immer sehr langsam gewesen, wie bei großen Sportlern, und ich wollte gerade hinzufügen, dass ich trotz dieses Trumpfes nie den geringsten Sport getrieben hatte, wie übrigens die meisten meiner Kollegen Wissenschaftler, als ich begriff, dass mir Doktor Manière ganz offensichtlich kaum zuhörte. Sein Blick wanderte von der Decke zu den Wänden und von den Wänden zur Decke, als nehme er Maß. Wir sind hier in Ihrem Salon, nicht wahr?, sagte er, nachdem ich verstummt war. Ich bestätigte, dass mir der

Raum, in dem wir uns befanden, in der Tat als Salon diene, aber ebenso als Arbeits- und Esszimmer, ein Versuch, die Unordnung zu rechtfertigen. Mein Salon geht zum Hof, verkündete Doktor Manière. Er schien es mir vorzuwerfen. Also zum Hof hin ist es sicher ruhiger, sagte ich, die Rue Saint-Lazare ist ziemlich laut, nicht wahr? Die Autos machen doch nichts als fahren, da liegt das ganze Problem, sagte der Doktor. Ganz gewiss, bemerkte ich zustimmend und dachte, dass er vielleicht verkalkt sei. Aber Sie schlafen doch wohl nicht zur Straße raus? Ich bin neunzig Jahre alt, erklärte der Doktor, ich habe das Schlafen aufgegeben. Ich verstehe, sagte ich, ich schlafe auch selten mehr als vier Stunden am Stück. Nacht, Tag, wie soll man sich da zurechtfinden?, sagte der Doktor und streckte mir seinen mageren Finger entgegen. Dann schien er in meinem Sessel zusammenzusinken. Unser Herz wird immer trockener, sagte er. Ich wollte ihn nicht rauswerfen oder wusste zumindest nicht, wie ich es hätte anstellen sollen. Er stand als erster auf und ging direkt ins Treppenhaus, wo er sich, nachdem ich ihm ein weiteres Mal für seinen Besuch gedankt und ihm, ganz offensichtlich unnötigerweise, versichert hatte, dass ich mich jetzt ganz ausgezeichnet fühlte, immerhin mit einem kurzen Kopfnicken verabschiedete. Er packte das Geländer und begann die Stufen hochzusteigen, und ich dachte, dass wir beide, er und ich, zehn Jahre zuvor vielleicht ein paar gepflegte Gespräche hätten führen können.

Drei

Ich werde mich an den Gedanken gewöhnen müssen, auszugehen. Die Leute, die neulich hier waren, haben darauf bestanden, nachdem sie festgestellt hatten, dass ich mich noch auf den Beinen halte. Ein Empfang ist geplant, in einem Palast oder einem Palasthotel, das habe ich nicht ganz mitbekommen, auch nicht das Datum dieses Empfangs. Es wird Trinksprüche, ein paar Reden und Champagner geben, man kennt das ja. Selten Champagner allerdings in einem Physikerleben. Ich mag übrigens keinen Champagner. Meine erste Frau hat mir das bitter vorgeworfen, aber ich lege keinen Wert darauf, meine erste Frau zu erwähnen, die ich übrigens fast vergessen habe, wie auch die Zeit meiner Ehe, von der ich nur noch Einzelheiten in Erinnerung habe. Offenbar interessieren mich heute nur noch Einzelheiten, offenbar hat mich der Sinn fürs Ganze verlassen, auf jeden Fall muss ich mir mit dem behelfen, was da kommt, und viel kommt da nicht mehr, oder ich erwarte nicht mehr viel. Aber dass ich nichts erwarte, heißt nicht, dass ich gar nicht warten würde, das habe ich irgendwann begriffen. Die Aussicht auf einen Empfang zu meinen Ehren macht mich allerdings nervös, ich ertappe mich bei dem Gedanken, vor dem geplanten Empfang zu sterben, wobei es gar nicht so einfach ist zu sterben, was ich auch irgendwann begriffen habe. Ich war schon lange nicht mehr irgendwohin eingeladen. Von der letzten Einladung, der ich gefolgt bin, habe ich nur noch in Erinnerung, dass die Wohnung von einem Ende bis zum anderen mit rotem Stoff bespannt war und dass man uns, als wir in diesem roten Esszimmer Platz genommen hatten, eine Fischsuppe servierte und ich mir sagte, sieh an, eine Fischsuppe, eine Fischsuppe, natürlich, was kann man anderes von diesen Leuten erwarten, die mich eingeladen haben, ich starrte auf meinen Teller, in dem die dicke bräunliche Flüssigkeit schwappte, und konnte mich nicht entschließen, nach meinem Löffel zu greifen, wie es die anderen Gäste unverzüglich getan hatten, offensichtlich keineswegs von dem Geruch gestört, der sich um den Tisch herum ausbreitete, dem charakteristischen Geruch von Fischsuppe, der später an der Kleidung haftet, ich dachte, wenn ich mich heute Abend ausziehe, muss ich meine ganzen Sachen im Bad liegen lassen, auf keinen Fall auf dem Stuhl in meinem Schlafzimmer, wo ich sie sonst ablege, oder ich stopfe sie besser gleich in den Wäschekorb, inklusive meiner Strümpfe, sonst mache ich heute Nacht kein Auge zu, ich werde mir sogar noch die Haare waschen müssen, bevor ich ins Bett gehe, dann gehe ich also mit feuchtem Haar ins Bett, und so weit hatte ich mir die Folgen dieser Fischsuppe ausgemalt, die man uns serviert hatte, als die Gastgeberin plötzlich ausrief, sie habe die Croutons vergessen, die mit Knoblauch eingeriebenen Croutons, rief sie und lachte. Die Hausherrin entschuldigte sich mit keinem Wort dafür, die Croutons vergessen zu haben, die unvermeidlich zu Fischsuppe gehören, sie zeigte nicht das geringste Bedauern, nein, ihre einzige Reaktion war dieses nicht einmal verlegene Lachen, das vermuten ließ, sie betrachte dieses Versehen als Zeichen ihrer Originalität, als den Beweis ihrer exzentrischen Persönlichkeit, die sich nicht um Kleinigkeiten und Banalitäten schert. Dieses Lachen, das sie voller Selbstgefälligkeit ausstieß und das jeder Aufmerksamkeit für ihre Gäste entbehrte, fand ich absolut hassenswert und unerhört. Allein schon die Tatsache, eine Fischsuppe zu servieren, ist unerhört, dachte ich, wenn man weiß, wie viele Menschen allergisch gegen Fischsuppe sind und schon beim ersten Löffel Juckreiz oder eindrucksvolle Ödeme bekommen. Ich hätte nun meinen Teller zurückschieben und erklären können, dass es, was mich angehe, nicht infrage komme, eine Fischsuppe ohne Croutons zu essen, und wäre auf diese Weise von der Suppe befreit gewesen, deren bloße Erwähnung mir schon Brechreiz verursacht, und bei der Gelegenheit auch gleich von diesen Leuten, die nicht im Traum daran gedacht hätten, mich wieder einzuladen, stattdessen sagte ich gar nichts, weder in diesem Moment noch später an dem Abend kam mir auch nur ein einziges Wort über die Lippen. Ich meine mich sogar zu erinnern, dass diese Gastgeber irgendwas mit Fisch zu tun hatten, auf internationaler Ebene mit Fisch umgingen, der sie reich gemacht hatte, und dass sie sich wirklich so verhielten, als hätten sie den Fisch erfunden, als sei der Fisch eine direkt ihrem Hirn entsprungene Idee, aber aus welchem Grund sie mich an jenem Abend zum Essen eingeladen hatten und in welcher geistigen Umnachtung ich die Einladung angenommen hatte, das weiß ich nicht. Wahrscheinlich Bekannte meiner Schwester Alice, die mich wohl zu ihnen geschleift hatte, obwohl ich nicht die geringste Erinnerung an meine Schwester Alice an diesem Tisch habe. Aber mir ist, als hätte ich sie just in jener Zeit bei mir beherbergt, nachdem sie vorübergehend und trotz ihres bereits fortgeschrittenen Alters meinen Schwager verlassen hatte. Meine Familie kommt aus den Vogesen, wir sind Bergbewohner aus den Vogesen, und meine Schwester Alice ist dort geblieben, in den Vogesen, wo man nicht selten einem Elsässer begegnet, sodass sich meine Schwester in einen Elsässer vernarrte, Witwer, Direktor eines auf die Reinigung von Abwasser, Tümpeln und Klärgruben spezialisierten Unternehmens und daneben Sammler von Objekten aus Lagermetall. Jedes einzelne dieser Objekte aus gewöhnlichem Lagermetall holte der Elsässer an dem Tag, als wir ihn kennenlernten, erbarmungslos aus seiner Vitrine, um es uns bewundern zu lassen, kein Figürchen, kein Ührchen, keine Schale, deren Betrachtung und deren Historie er uns erspart hätte. Als ich meine Schwester eines Morgens mit ihrem Koffer und dieser neuen Frisur mit kurzen Löckchen, die sie wie eine starrsinnige Ziege aussehen ließ, vor meiner Wohnungstür erblickte, war ich deshalb nicht erstaunt. Sie ist fast ein Jahr bei mir in der Rue Saint-Lazare geblieben und hat die ganze Zeit nichts anderes getan als meine Wohnung zu putzen und zu kritisieren und mich zum Umzug zu drängen, sofern sie nicht ihr nervöses, künstliches Lachen erschallen ließ, das so ganz anders ist als das spontane und wohltuende Lachen meiner Schwester Louise. Schließlich zog sie wieder aus, um meinen Schwager zu pflegen, der an einem Rippenfelltumor erkrankt war. Ich vermute, meinem Schwager ist keine andere List eingefallen, um meine Schwester zurückzuholen, als sich diesen Rippenfelltumor zuzuziehen, denn drei Monate nach ihrer Rückkehr war er wieder hergestellt, sodass meine Schwester für immer und ewig überzeugt sein wird, sie habe ihn gerettet. Das ist wenigstens etwas, was sie meint vollbracht zu haben, meinen Schwager mit seinem Rippenfelltumor zu retten, und demzufolge auch ihre Ehe, die für sie darin besteht, die erbärmliche Büroarbeit ihres Mannes zu erledigen und seine Lagermetallfigürchen bis in die kleinste Falte zu polieren.

Vier

Ich vermeide es, an meine Schwester Alice zu denken. Lieber denke ich an meine Schwester Louise, deren Spur wir vor fast vierzig Jahren verloren haben, das heißt praktisch seit dem Tag, an dem sie mit ihrem Bischof durchgebrannt ist, als wir gerade ihre Verlobung feierten. Der Empfang fand in der Wohnung des Verlobten statt, eines Norwegers oder Schweden, und nachdem der letzte Gast gegangen war, verkündete Louise plötzlich, es sei ihr unmöglich, noch eine Minute länger verlobt zu sein, nahm ihre Tasche und lief davon, ohne sich um den Skandal zu scheren. Ich erinnere mich, dass der Norweger oder Schwede nicht mal versuchte, sie aufzuhalten, er starrte wie gelähmt auf die Reste des Büffets, während wir Louises Absätze auf der Treppe klappern und das Zufallen der Haustür hörten, ohne dass wir eine Ahnung hatten, wohin sie ging. Später erfuhren wir, dass Louise diese Verabredung an der Metrostation Duroc hatte, wo der Bischof bis zweiundzwanzig Uhr dreißig auf sie warten wollte und nicht länger, sodass sich Louise ihren ganzen Verlobungsabend lang, während sie anmutig und lächelnd die Glückwünsche von diesem und jenem entgegennahm, den Weg bis Duroc wiederholte, sechs Stationen, umsteigen in Invalides. Punkt zweiundzwanzig Uhr entschied sie sich endlich für den Bischof und ließ uns ihren Verlobten zurück. Der Bischof wurde uns im Sommer vorgestellt, als Louise ihn ins Chalet unseres Bruders brachte. Ich holte die beiden am Bahnhof ab, und als ich ihn auf dem

Bahnsteig sah, schoss mir der Gedanke durch den Kopf, dass er nur gekommen war, um mir Louise zu rauben, ein Gedanke, der mich nicht mehr losließ, obwohl der Bischof ein tadelloser Gast war, der sich jedem gegenüber ganz wunderbar verhielt, vor allem unserem elsässischen Schwager gegenüber, den er auf die unmerklichste und radikalste Weise im Handumdrehen neutralisierte. Louise schien in wenigen Wochen eine bemerkenswerte Sinnlichkeit entwickelt zu haben, und man muss zugeben, dass der Bischof eine recht stattliche Erscheinung war – er war Titularbischof und daher, wie wir erfuhren, nicht mit der Leitung einer Diözese belastet, was seinem Abenteurertemperament sehr entgegen kam, erklärte uns unsere Schwester. Sie hätten vor, sagte sie uns weiter, ihr Leben damit zu verbringen, durch die unterentwickelten Länder zu reisen, besonders in Küstenregionen, denn der Bischof sei ein bemerkenswerter Surfer. Tatsächlich war seine Muskulatur beeindruckend, jedoch schien er weder übermäßigen Gebrauch von seinen Muskeln zu machen noch im Geringsten stolz auf sie zu sein, auch wenn er, wovon ich mich mit meinen eigenen Augen überzeugen konnte, jeden Berg im Laufschritt erklomm, wie von göttlichen Flügeln getragen. Auch auf seine Kenntnisse der Wissenschaften und der Philosophie bildete er sich nichts ein, er sah einfach nur zu, man weiß nicht wie, dass einem diese Muskulatur und diese Kenntnisse der Wissenschaften und der Philosophie, der Geopolitik, der Kunst und von allem anderen sofort ins Auge stachen, einen förmlich ansprangen, und das noch bevor er auch nur den Mund aufgemacht hatte. Tatsächlich musste der Bischof einem nur ins Blickfeld geraten, und schon wurde einem bewusst, dass man es mit einem überlegenen, einem furchtbar überlegenen Wesen zu tun hatte, aber keineswegs mit einem hochmütigen, ganz im Gegenteil, der Bischof begab sich sofort auf das Niveau seines Gegenübers, vermutlich informierte ihn ein sechster Sinn augenblicklich darüber, auf welcher Stufe genau man unter ihm stand, und schon passte er sich an, und schon war man gleichzeitig erobert und vernichtet. Der Bischof, sagte uns meine Schwester noch, gehöre zu jenen Wesen, die die Welt retten wollen, und er bemühte sich wirklich darum, mit der ihm eigenen Entschlossenheit, begünstigt von seiner außergewöhnlichen körperlichen Konstitution und Geisteskraft. Und tatsächlich schrieb man ihm überall, wo er vorbeigekommen war, eine neue menschenfreundliche Großtat zu und auch meiner Schwester, die von dem Tag an, als sie zu ihm an die Station Duroc geeilt war, nicht mehr von seiner Seite gewichen ist. Man muss zugeben, dass der Bischof bei der Wahl meiner Schwester Louise eine sichere Hand bewiesen hat. Vor ihrer Abreise aus dem Chalet schenkte mir meine Schwester einen Pyjama, einen ganz klassischen, gestreiften Pyjama, und als ich mich über das Geschenk wunderte, erklärte sie mir, es handele sich um das Pyjamamodell, das man in Hitchcockfilmen sehe, und ich solle ihn im Gedenken an die Hitchcockfilme tragen, die wir zusammen gesehen haben. Vierzig Jahre später habe ich diesen Pyjama noch immer, er ist alles, was mir von Louise geblieben ist. In der ersten Zeit bekamen wir dann ein paar Briefe von ihr, fröhlich und voller Anekdoten, der Bischof wurde in jeder Zeile erwähnt und auch ständig die Großtaten, die der Bischof in den Leprastationen, Slums und Waisenhäusern des Planeten vollbrachte, dann eines

Tages diese Postkarte aus Tahiti, die uns mitteilte, dass der Bischof in einem tahitianischen Bungalow im Sterben liege und ein Dutzend tahitianischer Ärzte an des Bischofs Bett säßen, die ihn alle für erledigt hielten. Eine Frage von Minuten, schrieb Louise, wonach wir nichts mehr von ihr hörten, und die Nachforschungen, die wir schließlich sogar beim Vatikan anstellten, ergaben nichts, sodass ich jedes Mal, wenn ich an Louise denke, das heißt jeden Tag seit vierzig Jahren, das Bild vor mir habe, wie sie, genauso jung, inkonsequent und romantisch, wie sie damals war, seit vierzig Jahren an einem Strand auf Tahiti sitzt.

Fünf

Tatsächlich sind in einigen Zeitungen Fotos von mir erschienen, die ich nicht gesehen habe, woraufhin aber das Telefon mehrmals klingelte und am anderen Ende alte Arbeitskollegen waren, die sehr erstaunt über die Neuigkeit schienen, dass ich noch am Leben bin. Unnötig zu sagen, dass ich ihr Erstaunen teile. Ich habe ihre Glückwünsche entgegengenommen und festgestellt, dass sie offenbar mehr als ich über diese Beobachtung wussten, die man mir heute zuschreibt, die in jener weit zurückliegenden Zeit, als ich sie gemacht habe, wohl wenig Beachtung fand, jetzt aber ganz plötzlich auf dem besten Weg zu sein scheint, recht wertvolle Aussichten für ein neu aufgetauchtes Hygieneproblem zu eröffnen. Einige Völker der Tropen sollen betroffen sein. Aus Rücksicht auf die Begeisterung meiner Gesprächspartner habe ich nicht zugegeben, wie wenig ich mich an diese Beobachtung erinnere, die ich seinerzeit wahrscheinlich schriftlich festgehalten und als einen wissenschaftlichen Irrweg angesehen habe, eine von diesen bizarren Sackgassen, in die wir Grundlagenforscher uns ständig verirren, und bestimmt haben sich diejenigen, die sich die Mühe gemacht haben, mich anzurufen, über meine Lakonie gewundert und auch darüber, wie eilig ich es hatte, aufzulegen. Aber schließlich können die meisten alten Leute überhaupt nicht telefonieren, außer um Hilfe herbeizurufen, und mein Telefon ist am Ende des Flurs an der Wand montiert, sodass ich das ganze Gespräch über stehen muss, und zwar im Halbdunkel.

Einen von denen, die mich anriefen, einen gewissen Paul Cabri, einen ehemaligen Paläontologen, der den größten Teil seines Lebens im Keller des Naturkundemuseums verbracht hat und mit einer Spinnenspezialistin verheiratet ist und im Telefonhörer einen kleinen, rauen, höchst alarmierenden Husten hören ließ, fragte ich immerhin, wie ich auf den Fotos aussehe. Aber Paul Cabri ist noch älter als ich und hatte schon aufgelegt. Inzwischen habe ich ein Telegramm von meinem Bruder bekommen und bin zum Optiker in der Rue de la Pépinière gelaufen, um meine Brille abzuholen. Der Optiker hat mir eine zweite geschenkt, die er mir mit einem passenden prächtigen Hartschalenetui überreichte, und ich war überrascht, dann über Gebühr gerührt, sodass ich nicht sicher bin, ob ich mich angemessen bedankt habe. Das Etui passt in keine Jackentasche, und das Verschluss-system ist gemeingefährlich, ganz zu schweigen von den Schwierigkeiten, die ich habe, es zu öffnen, aber als ich nach Hause kam, war ich allerdings einigermaßen froh, jetzt diese beiden Brillen zu haben, was allerdings nicht verhinderte, dass am nächsten Tag die eine wie die andere unauffindbar war. Ich hatte die Zeitung in der Hand und hob Kissen, Papiere, Stapel von Dingen hoch – von den Brillen keine Spur; altern, sagte ich mir, heißt, seine Brille suchen, sich darüber aufregen, sie zu suchen, sich darüber aufregen, eine Brille zu brauchen, ich wühlte zum x-ten Mal in meinen Taschen, ich habe jetzt, sagte ich mir, zwei von diesen Brillen, aber hätte ich fünf, würde das auch nichts ändern, ich würde trotzdem meine ganze Zeit damit verlie-ren, sie zu suchen, und während ich sie suchte, dachte ich an meinen Freund Alvaro, an seine Brille, immer griffbereit an einem goldenen Kettchen, so einem Kettchen, dem ich mich verweigere, dabei ist es die einzige Lösung, versicherte Alvaro, begeistert von seinem Kettchen und vom Dasein im Allgemeinen, worum ich ihn natürlich genauso beneidete wie ich mich darüber ärgerte, über diese beneidenswerte und groteske Gewohnheit, sich für fast alles zu begeistern, trotzdem ist Alvaro gestorben, wahrscheinlich mit seinem Kettchen um den Hals, ist auf den Fliesen seines Badezimmers im ersten Stock seines Hauses zusammengebrochen, nackt, Herzstillstand, als er gerade in seine Badewanne steigen wollte, die Badewanne ist weiter vollgelaufen, am Tag der Beisetzung konnte man in seinem Wohnzimmer die von dem Badewasser, in das er schließlich nicht mehr gestiegen ist, durchnässte Decke sehen, die Blasen, die gelblichen Flecken, alle gaben sich schrecklich Mühe, nicht an diese Decke zu starren.

Sechs

Die Zeremonie für meine wissenschaftliche Krönung ist, wie ich erfahre, für den 12. November geplant. Also für den Tag nach dem 11. November, an dem man die letzten Kriegsveteranen zur Schau stellen wird, eine Handvoll Männer, die heute, sage ich mir, weniger Überlebende des Krieges sind als der Zeit. November, Monat der Greise und der Toten. Nasses Laub, feuchte Gräben, kein Himmel. Fühle ich mich geehrt? Nein, ich gebe zu, dass mir das alles gleichgültig ist. Ich bin im Begriff, diese Welt ohne Umstände zu verlassen, und plötzlich macht man sich daran, mich unter Zuhilfenahme von reichlich Champagner in sie zurückzuholen, wegen dieser Jugendentdeckung, deren Urheberschaft man mir zuschreibt, dabei hätte jeder junge Laborant, der darauf gestoßen wäre, sie sich mühelos aneignen und einige Ehre damit erlangen können. Ich wäre der Letzte gewesen, der sie ihm streitig gemacht hätte. Dann stünde ich jetzt auch nicht in Gesellschaft von Madame Ambrunaz halbnackt vor meinem Kleiderschrank, um lauter staubige Anzüge anzuprobieren. Alle zu groß. Ganz zu schweigen von den Schuhen. Wie habe ich auch nur drei Schritte darin gehen können? Die Schuhe, die ich heute trage, mit weicher Kreppsohle und dicken Schnürsenkeln, die leicht zu binden sind, findet Madame Ambrunaz für eine solche Zeremonie unmöglich. Stört Sie dieser Kreppstreifen?, habe ich sie gefragt. Oder die Farbe? – es sind dunkelbeige oder hellbraune Schuhe, wie man will, die zu allem passen und mit denen ich überall hingehen kann. Wie üblich hat Madame Ambrunaz mit den Schultern gezuckt und den Kopf geschüttelt. Unnötig, die Anzüge wieder in den Schrank zu hängen, habe ich gesagt. Geben Sie alles den Emmaus-Brüdern oder dem Roten Kreuz oder wem Sie wollen, und heben Sie nur die Kleiderbügel auf. Das müssen Sie dann nach meiner Beerdigung schon mal nicht mehr sortieren. Beerdigen Sie mich bloß nicht in einem dieser Anzüge, hören Sie, habe ich angeordnet. Und kommen Sie bloß nicht auf die Idee, mir ein Paar von diesen Schuhen anzuziehen. Von nun an gehe ich nur noch auf meinen Kreppsohlen, wohin auch immer, auch zum Friedhof. Da klingelte es dreimal kurz, woraufhin wir den Schlüssel im Schloss hörten und uns ansahen und beide dachten, dass dreimal kurzes Klingeln und dann der Schlüssel im Schloss nur mein Sohn sein kann. Ziehen Sie sich wieder an, hat Madame Ambrunaz gesagt, und ich habe mich so schnell wie möglich wieder angezogen, dann bin ich, meine Schuhe in der Hand, ins Wohnzimmer gegangen, wo ich einen Mann in Ledermantel angetroffen habe. Die Hose schien auch aus Leder zu sein, und in diesem ganzen Leder steckte tatsächlich mein Sohn. Ich hatte ihn lange nicht gesehen, ich kenne ihn nicht gut, aber ich erkannte ihn zweifelsfrei wieder und wagte mich weiter ins Zimmer vor. Er musterte mich von Kopf bis Fuß, wie ich ihn vermutlich auch, als ich ihn erblickte, und er zeigte dieses von seiner Mutter geerbte Lächeln, bei dem sich sein schmaler Mund in einem kurzen Zucken seitlich verzerrt. Ich setzte mich hin, um meine Schuhe anzuziehen und dann zuzubinden, während ich mich fragte, weshalb er gekommen war, in welcher Patsche er steckte, dann wollte ich aufstehen, aber das dauerte länger als vorgesehen, ich brauchte die Hilfe meines Sohnes, und als ich stand und seine Hand fest meinen Arm umschloss, packte mich ein Schwindelgefühl, und ich hätte beinah Madame Ambrunaz gerufen. Mein Sohn war gut einen Kopf größer als ich, was beim letzten Mal, als ich ihn gesehen hatte, noch nicht so gewesen war, und er war bestimmt nicht gewachsen, mit sechzig wächst man nicht mehr, nicht wahr? Von Nahem sah man ihm sein Alter deutlich an. Nichts als Belästigungen, dachte ich. Na gut, da bist du also, sagte ich und setzte mich wieder. Achte nicht auf die Unordnung, fügte ich hinzu, weil er sich umsah, dann fiel mir ein, dass er Trödelhändler war, zumindest war er es, als ich das letzte Mal von ihm hörte. Du kommst gerade recht, fügte ich noch hinzu, stell dir vor, ich habe gerade angefangen, meine Schränke auszumisten. Wenn dich irgendwas von diesem Krempel interessiert, nimm es nur mit, ich brauche nur diesen Sessel, in dem ich sitze, es kommt nicht infrage, dass ich mich von dem Sessel trenne, auch nicht von diesem kleinen Hocker, auf den ich manchmal die Füße lege. Der Rest gehört dir. Hast du Madame Ambrunaz begrüßt? Papa, sagte mein Sohn, und ich zuckte fast zusammen, als ich hörte, wie mich dieser alternde Mann Papa nannte, aber es ist eine Tatsache, dass mein Sohn immer unberechenbar war, also tat ich, als hätte ich es nicht gehört. Ich zögerte jetzt, ihn zu fragen, warum er gekommen war, und mir damit Vorwürfe wegen meiner Gefühllosigkeit usw. einzuhandeln. Mein Sohn hat mir immer Gefühllosigkeit vorgeworfen, und alle Vorwürfe hat er in einen Sack gesteckt, dann ist er weggegangen, um sein Leben zu leben, bepackt mit diesem Sack voller Gefühllosigkeit. Gott weiß, wo er ihn weggeworfen hat und ob er ihn überhaupt weggeworfen hat; wenn man ihn so ansieht, weist nichts darauf hin, dass er es getan hat. Ein reizendes Kind, ein vielversprechender Geist und am Ende diese Sintflut von Ressentiments. Immer dieselbe Geschichte, wie es scheint. Madame Ambrunaz betrat das Wohnzimmer mit einem Tablett voller Getränke, das ihr mein Sohn, der ihr entgegengegangen war, aus den Händen nahm, wodurch mir bewusst wurde, wie alt sie geworden ist, sie auch, eine magere Gestalt, die jedoch hartnäckig weiterhin jeden Tag kommt, um ihre paar lächerlichen Haushaltspflichten zu erfüllen, die dem Ganzen einen Anschein von Beständigkeit geben. Er muss sich einen neuen Anzug kaufen, hat sie verkündet und mit einer Kopfbewegung auf mich gezeigt, dann hat sie das Zimmer verlassen, und mein Sohn wollte wissen, warum ich einen neuen Anzug brauche. Und warum brauchst du einen neuen Anzug?, hat er gefragt, nachdem er sich gesetzt hatte, sicher erleichtert über die ungefährliche Wendung der Dinge. Lassen wir uns auf dieses Gespräch ein, habe ich gedacht, und ihn über meine Krönung informiert und über den nicht verwertbaren Inhalt des Kleiderschranks, woraufhin sich zeigte, dass er nichts Eiligeres zu tun hatte, als mich in ein Geschäft zu begleiten, und wir unsere Mäntel anzogen.

Sieben

Hat man die achtzig überschritten, erscheint einem die Straße verändert, wenn man jemanden bei sich hat, die entgegenkommenden Leute stürzen sich nicht auf einen, als wollten sie einen von der Erdoberfläche eliminieren, sie werden langsamer und weichen aus, manchmal schenken sie einem sogar einen Blick. Mein Sohn in seinem Lederzeug, mit diesem Mantel, der ihm um die Beine schlug, war sicher ein Grund dafür – eigentlich hat er etwas Anziehendes, dachte ich, als ich ihm einen verstohlenen Blick zuwarf, der mir keine endgültige Meinung erlaubte –, oder es lag daran, dass wir ein derart gegensätzliches Paar bildeten. Auf jeden Fall kam es mir vor, als liefe ich mit größerer Sicherheit, sodass wir, Schritt für Schritt, bis zur Place de la Madeleine kamen, praktisch ohne dass ich meinen Stock benutzt oder die kleinste Kurzatmigkeit verspürt hatte. 4000 m2 für den Herrn, konnte ich noch lesen, dann fand ich mich auf einer Rolltreppe wieder. Alles Weitere ist mir entfallen, verloren gegangen in den Einzelheiten von Kragenweiten und Knopfleisten, dargelegt von zwei jungen Verkäufern, die sich in ihrem Beruf offenkundig sehr gut auskannten, und zum Abschluss die denkwürdige Frage nach den Schuhen, bei der ich trotz ihrer verzweifelten Gesichter unnachgiebig blieb. Mein Sohn bestand darauf, mir den ganzen Plunder zu schenken, und als man uns das große Paket reichte, dachte ich, dass es nicht weniger enthielt als meinen allerletzten Kleiderkauf, was mein Sohn ebenso gut wusste wie ich, sodass die Begebenheit plötzlich eine unnötig feierliche Wendung nahm, wir standen noch einen Moment bei den Accessoires herum, sahen uns dies und das an, und dann nahmen wir erneut die Rolltreppe. Wieder auf der Straße, wir warteten gerade an einem Zebrastreifen, fragte ich meinen Sohn, wo er jetzt wohnt. So habe ich erfahren, dass er unser früheres Haus in der Picardie zurückgekauft hat, ein Bauernhaus mitten in den Feldern, in dem sich seine Mutter das Leben genommen und das ich von einem Tag auf den anderen verkauft hatte, zwei Dinge, die er mir nicht verziehen hat. Aha, habe ich gesagt und habe mir mein Erstaunen nicht anmerken lassen, da bist du bestimmt froh. Er war es. Er hatte noch viel zu tun in dem Haus, wo er dabei war, alle Einbauten meiner Käufer von damals rauszureißen, die alles nur entstellt hätten, wie er erklärte. Plötzlich erinnerte ich mich wieder an die Leute und an die horrende Summe, die sie mir seltsamerweise für das Haus geboten hatten. Ein Bonbonfabrikant und seine Frau, ein wahrlich beängstigendes Paar, das nach Geld stank, Leute, von denen ich kaum glauben konnte, dass Bonbons sie so reich gemacht hatten, die Bonbons, hatte ich gedacht, sind vielleicht nur eine Tarnung, jedenfalls hatte ich das Haus, anstatt es meinem Sohn zu vererben, diesen Leuten verkauft und ihm das Geld gegeben. Mir sind auch die beiden Pappeln wieder eingefallen, die in der Kurve vor dem Tor standen, nichts hält den Wind so gut ab wie Pappeln, sagte ich mir jedes Mal, wenn ich sie betrachtete. Dieses Haus war ein Irrtum, habe ich zu meinem Sohn gesagt, als die Ampel grün wurde, und man muss Irrtümer aufgeben können, die Neigung bekämpfen, sich auf den Irrtum zu versteifen. Ich kenne deine Theorie, hat mein Sohn gesagt. Gut, habe ich gesagt, das Fehlen einer Anklage in seiner Stimme registriert und begriffen, dass er also in all den Jahren insgeheim dieses Ziel verfolgt hatte, das Haus wiederzuerlangen, von dem ich nichts mehr hatte wissen wollen, und es nicht nur wiederzuerlangen, sondern, in einer Art kindischem Trotz, für den er mir heute doch ziemlich alt vorkam, das Dekor und die Atmosphäre von damals wieder herzustellen. Und bestimmt war er gekommen, um mir eben das mitzuteilen, und ich konnte nur hoffen, dass er sich nicht in den Kopf setzen würde, mich je dorthin einzuladen. Mir scheint, dass du ganz gut zurechtkommst, habe ich zu sagen gewagt. Ich bin tatsächlich ziemlich glücklich, hat mein Sohn gesagt, deswegen bin ich übrigens heute zu dir hochgekommen. In den letzten Jahren bin ich manchmal an deiner Haustür vorbeigegangen. Das war richtig, habe ich gesagt. Und jetzt habe ich diesen schönen Anzug, habe ich hinzugefügt. Daraufhin hat mir mein Sohn mitgeteilt, dass er die Metro nehmen werde, und mir das Paket aus dem Geschäft in die Hand gedrückt. Ich ging ein paar Schritte allein mit dem Paket, dann ließ ich es an einer Hauswand in der Rue du Havre stehen und kehrte in meine Wohnung zurück, wo ich eine Weile im Wohnzimmer hin- und herlief, als gäbe es Dinge zu erledigen und ich nähme gewissermaßen Anlauf. Dinge zu erledigen, konkrete Dinge gab es ganz bestimmt. Ein bisschen aufräumen zum Beispiel. Egal, wo ich gewohnt habe, ein bisschen aufräumen habe ich immer auf morgen verschoben. Im Labor nahmen wir uns ständig vor, ein bisschen aufzuräumen, obwohl wir uns in diesem Saustall hervorragend zurechtfanden, und jedes Mal brachte uns etwas davon ab, sorgte dafür, dass in dem Moment, wo wir uns dranmachen wollten, einer von uns langsam zum Labortisch ging, auf dem ein alter Wasserkessel aus Weißblech stand, und Wasser aufsetzte. Egal, welche Eingebung uns durch den Kopf schoss, welcher Intuition oder Hypothese wir nachjagten, immer setzte irgendjemand ganz automatisch Wasser auf; die Höhepunkte unserer Reflexionen, unsere Erleuchtungen, unsere Niederlagen waren vom ständigen Pfeifen dieses alten, verkalkten Wasserkessels begleitet. Das war eine Art Tick von uns, von meinen Laborkollegen und mir, Wasser für einen Tee aufzusetzen, mit dem wir selten gewaschene Tassen füllten und den wir am Ende kalt werden ließen. Wir waren zu viert, abgesehen von ein, zwei Doktoranden, und von uns vieren hatten immer mindestens zwei eine Tasse mit bitterem Tee in der Hand, an der sie einen Moment lang ihre Finger wärmten, denn unser Labor, ans Ende eines langen Flurs verbannt, war nicht nur schmutzig, vollgestopft und dunkel, sondern auch schlecht geheizt. Durch die alten Fenster drang im Winter eisige Luft herein, und im Sommer ließen sie sich nicht öffnen, die Backsteinmauern waren feucht, sodass es jeder Besucher aufgrund der Vorstellung, die er von der Wissenschaft hatte, für undenkbar halten musste, aus einem solchen Ort könnte irgendetwas Wissenschaftliches hervorgehen. In den Augen des Besuchers glichen wir plötzlich mehr oder weniger verschlafenen Hobbybastlern, bestimmt nicht hellwachen Hirnen, die damit beschäftigt sind, die Grenzen des Wissens zu verschieben, aber es ist eine Tatsache, dass der Forscher, bei seinen grundlegenden Gedanken ertappt, also in dem

Moment, wo er noch nichts weiß, mehr oder weniger vor sich hin zu dämmern scheint. Ich sehe meine Kollegen wieder vor mir, zusammengesunken auf einem Stuhl, in einer Haltung, deren Trägheit nichts von ihren inneren Turbulenzen und Strudeln vermuten lässt, wie sie mit leerem Blick auf einen Punkt im Raum starren und sich ständig das Gesicht reiben. Damals vertieften wir uns in Probleme, die niemanden interessierten, von denen ich fast alles vergessen habe außer der Zeit, die wir darauf verwandten, das Wahrscheinliche bis zum Beweis des Gegenteils für falsch zu halten. All diese Zeit verbrachten wir mit dem Versuch zu begreifen, wie es funktioniert, und meistens begriffen wir nach hundertmal gewagten Hypothesen und hundertmal wiederholten Beobachtungen am Ende nur, wie es nicht funktioniert. Aber nicht zu begreifen hieß dennoch, dass es da die Möglichkeit einer Entdeckung gab, auch wenn meistens gerade da, wo wir etwas vermutet hatten, nichts zu finden war, sodass wir durch dieses ständige Auf-Nichts-Stoßen eine Bescheidenheit entwickelt hatten, die unserer fehlenden Berühmtheit absolut entsprach. Die Welt ist absurd, das war, nehme ich an, für jeden von uns eine Tatsache, und wir strebten sicher nicht danach, ihre Absurdität zu rechtfertigen, aber offensichtlich folgten ihre Mechanismen einer Logik, und wenn wir uns derart in dieser Logik festbissen, so weniger aus Berufung – ich persönlich erinnere mich an keinerlei Berufung für die Wissenschaft –, als um uns wenigstens vor der Empfindung des Absurden zu retten. Trotzdem ging es darum, dass diese Welt Fortschritte machte, irgendein Staatssekretär erinnerte uns regelmäßig daran, dass wir da waren, um die Dinge voranzutreiben, Perspektiven zu eröffnen, die Zukunft zu erschaffen usw. Ich verbarg mein Widerstreben gegen diese Auffassung, die in anderen Labors fieberhafte Aktivität verbreitete. Wohin vorantreiben, in welche vermeintlich bessere Zukunft, in jene, die sich bereits abzeichnete, digitalisiert, radarisiert, satellitisiert, eine Welt von Leiterplatten, allgegenwärtiger Elektronik und vergrabenen Abfällen, blank poliertem Gemüse, Trockenfutterspendern und Raumsprays, o.k.-Tasten und sprechenden Toastern, all das begleitet von Nebenwirkungen, mit denen dann jeder, wie mit seinen wehmütigen Erinnerungen, selbst würde zurechtkommen müssen.

Acht

Und jetzt lädt man mich nach China ein. Als Madame Ambrunaz mich mit diesem chinesischen Brief in der Hand – seit ein paar Tagen stapeln sich hier die Briefe – fassungslos in der Küchentür stehen sieht, verfügt sie, eine kleine Reise werde mir ausgezeichnet bekommen. Ich wende ein, dass eine Reise nach China keine kleine Reise sei, woraufhin Madame Ambrunaz erwidert, ich sähe wie üblich überall Probleme, dabei gehe es doch nur darum, meinen Hintern in ein Flugzeug zu verfrachten, das täten haufenweise Leute meines Alters, Senioren, sagt sie, und die seien dabei im Übrigen ganz fidel. In der Tat. Wir kennen dieses Schauspiel. Was soll ich diese Reihen fideler Greise vergrößern? Und was habe ich mit der großen chinesischen Fabrik zu schaffen? Sie werden dort einen ganzen Haufen Chinesen treffen, sagt Madame Ambrunaz, der es nicht an Scharfsinn mangelt. Ich gehe mit meinem Brief ins Wohnzimmer zurück, ein dickes Blatt aus jadegrünem Papier, bedeckt mit Komplimenten und Höflichkeiten, und stelle mich ans Fenster. Um diese Zeit, mittags, bietet die Rue Saint-Lazare ein Durcheinander von stehenden Autos und geschäftigen Menschen, die sich mit ihren Restaurantgutscheinen in Cafés und mit ihren Thunfischsandwichs in Schuhläden drängen oder in Häusern mit Zahnärzten und Akupunkteuren verschwinden oder zur Hellseherin rennen oder vor einem Haus, das gerade verputzt wird, mit dem Telefon in der Hand auf jemanden warten oder sich in Richtung Galeries

Lafayette stürzen, nichts als Schädel, von da aus, wo ich schaue, in diesem großen, hastigen Mittagsdurcheinander, nichts als ein anonymes Hin und Her menschlicher Teilchen, nichts als trostlose Aufregung oder hypnotische Apathie. Dasselbe da unten in China, nehme ich an. Und hinter den staubigen Fenstern der menschenleeren Büros erkenne ich Computerbildschirme unter flackerndem Neonlicht, Archivschränke an den Wänden, synthetische Teppichböden und verschnürte Akten, an Korktafeln gepinnte Korallenriffs, ägyptische Pyramiden, afrikanische Elefanten und Fresken aus Pompeji, Konverter, Büroklammern und Kaffeebecher, und in den halb geschlossenen Schubläden vertrockneten Lidschatten, Zugfahrpläne und Doliprane-Röhrchen, und weiter oben in den düsteren Wohnungen, unter Deckenlampen wie der meinen, alterslose, flüchtige Gestalten, gestrickte Umhängetücher, einen panierten Fisch auf einem Teller, Verstorbene in ihren Bilderrahmen oder beliebige Brautpaare oder ein junges, seit vielen Jahren unerreichbares Mädchen, von einer Etage zur anderen in der Rue Saint-Lazare nichts, das von etwas anderem erzählt als von Rentenbescheiden und Einsamkeit, nichts, für das ich etwas anderes sein könnte als jener verwirrte Beobachter, jener Alte an seinem Fenster, heimgesucht von dem Gefühl, etwas sei falsch gelaufen. An einer Fassade unten in meiner Straße entziffere ich ein Graffiti, und als ich es entziffert habe, denke ich an die Zähne meiner ersten Frau, die hier irgendwo ganz hinten in einer Schublade liegen müssen, zumindest die Bruchstücke, die mir in einem durchsichtigen Plastiktütchen ausgehändigt wurden, nachdem man sie aus dem Kies gesammelt hatte, auf den sie sich am Tag vor ihrem vierzigsten Geburtstag aus einem Fenster unseres Hauses in der Picardie gestürzt hatte. Ich habe nie darum gebeten, diese Zähne zu bekommen, obwohl sie klein und glänzend waren wie die meiner Schwester Louise und mich zum Zeitpunkt unserer Begegnung hinreichend fasziniert hatten, damit ich das Verlangen verspürte, diese Frau jeden Tag zu sehen und sie lächeln zu sehen, wozu es in Wahrheit aber nicht gekommen ist, da meine erste Frau bald angefangen hat, vielleicht durch meine Schuld, sehr wenig zu lächeln und niemals für mich. Man händigte mir auch die Pumps aus, mit denen sie aus dem Fenster geklettert war und die man unversehrt gefunden hatte, unversehrt wie auch ihre Strumpfhose, nicht mal eine Laufmasche, und die Knochen ihrer Beine, woraus man geschlossen hatte, dass sie nicht ins Leere gestoßen worden sei, denn der ins Leere gestoßene Körper nimmt, wie man mir erklärt hat, instinktiv eine Haltung ein, die darauf gerichtet ist, den Kopf zu schützen, sondern sich kopfüber nach unten geworfen hatte, sodass ihre Zähne aus dem Mund gesprungen waren, als der Schädel auf den Kies prallte. Meine erste Frau hat mir also ihre Zähne hinterlassen, und ich musste mich an diesen Gedanken gewöhnen, der den an ihren Tod überdeckte. Zum letzten Mal habe ich diese Zähne an dem Tag gesehen, als Madame Abrunaz sie Jahre später beim Saubermachen fand, und da sie das Plastiktütchen in Erwartung einer Erklärung vor meiner Nase schwenkte, musste ich ihr wohl oder übel verraten, worum es sich handelte. Sie musterte das Tütchen mit zweifelnder Miene. Das sind die meiner ersten Frau, erläuterte ich. Warum sagen Sie meine erste Frau?, fragte Madame Ambrunaz verwundert, obwohl Sie doch keine zweite hatten, noch weniger eine dritte? In der Tat, räumte ich ein, selbst erstaunt. Und da tauchte das Gesicht meiner Schwester Louise auf mit ihrem verwirrenden Lächeln und die plötzliche Erkenntnis, dass ich seit der überstürzten Abreise von Louise mit dem Bischof nicht aufgehört hatte zu leiden. Für mich wird es keine andere Liebe gegeben haben als die, derer mich meine Schwester Louise beraubt hat, dachte ich, ich hätte keine andere ertragen. Aber heute ist das egal. Und was China angeht, heißt es nein.

Neun

Wenn ich die Zeitung gelesen habe und ein paar Kapitel in den Geschichtsbüchern, die sich in der Unordnung meiner Tische stapeln, eine Art, die Welt aus der Ferne zu betrachten, ist der Vormittag vorbei, und ich muss wohl, trotz des fehlenden Antriebs, ein bisschen aus der Wohnung raus, um mir die Beine zu vertreten, andernfalls ergeht sich Madame Ambrunaz, überzeugt von den Wohltaten des Spaziergangs, in endlosem Zetern und dramatischen Prophezeiungen. Und wenngleich ich mir Bewegung auch hervorragend in der vollgestopften, aber trotzdem noch ziemlich geräumigen Wohnung verschaffen könnte, nehme ich schließlich meinen Mantel vom Haken, greife nach dem Stock und finde mich auf der Straße wieder. Dort, wie überall, wo ich lande, stelle ich immer wieder fest, wie unsichtbar einen das Alter macht und wie sehr es einen dadurch von den anderen trennt. Allerdings lege ich keinen besonderen Wert darauf, dass man meine Anwesenheit bemerkt, was nämlich heißen könnte, dass ich tot bin, und ich habe nicht vor, mitten auf der Straße in den Armen des erstbesten Rettungssanitäters zu sterben, auch nicht im Krankenhaus oder an irgendeinem anderen Ort mit Linoleumfußboden, sondern zu Hause, wo ich im untersten Schubfach meines Nachtschranks alles habe, was man dazu braucht. Als ich heute durch die windigen Straßen schritt, musste ich plötzlich an Henri Lenoir denken, einen Biologen und Spezialisten für Mikromollusken, von dem ich lange nichts mehr gehört habe. Henri

Lenoir, ein fast zwei Meter großer Koloss, hatte früher ein kleines, sehr unpraktisches Haus am Golf von Morbihan, in das er mich einmal im Winter eingeladen hatte, und ich erinnere mich, drei ganze Tage damit verbracht zu haben, bei abscheulichem Wetter an seiner Seite den Strand zu durchpflügen, während er, in seine K-Way-Jacke gehüllt und mit einer Epilierpinzette und einem Sieb bewaffnet, unaufhörlich im Sand wühlte, mit erbarmungslosem Enthusiasmus Kiesel und Steine umdrehte, um die kleinsten Vertiefungen zu untersuchen und diverse Exemplare von Plankton einzusammeln, während ich ihm die Probenröhrchen reichte, gegen die Kälte kämpfte und zu verstehen suchte, was mich dazu getrieben hatte, seine Einladung anzunehmen. Gleichwohl war er, außerhalb dieses bretonischen Umfelds, ein sympathischer und redseliger Mensch und im Gegensatz zu mir ein brillanter Wissenschaftler, dem man einige maßgebliche Publikationen verdankt, vor allem auf dem Gebiet der Paläotemperatur. Ich erinnerte mich, dass er in einer Wohnung im fünfzehnten Arrondissement wohnte, und da vor mir gerade ein Taxi zwei Alte absetzte mit einer Kuchenschachtel, wie man sie mitbringt, um sich für sein Alter zu entschuldigen, stieg ich, ohne länger zu überlegen, in dieses Taxi ein, wo ich mit der Unannehmlichkeit einer noch warmen Rückbank und mit einem hechelnden Hund konfrontiert wurde, der mich während der gesamten Fahrt vom Beifahrersitz aus anstarrte. Aber, wie mich die Concierge des Gebäudes informierte, die Lenoirs waren vor mehreren Monaten umgezogen und hatten sich in einem Hochhaus im selben Arrondissement eingerichtet, dessen Richtung sie mir mit unbestimmter Geste wies, bis sie meine Ratlosigkeit bemerkte und mir schließlich den Ort genauer beschrieb. Also ging ich zu diesem Hochhaus, wo ich Henri Lenoir treffen würde und seine Frau, deren Existenz ich vergessen hatte und die die Sache in gewisser Weise verkomplizierte, und mittlerweile schien mir die Eingebung, die mich in das Taxi hatte steigen lassen, völlig unsinnig. Hochhäuser gab es da, wo ich ankam, eine Menge und keines von ihnen war für mein Gefühl bewohnbar, obwohl sie am Ufer der Seine lagen. Die Umgebung sah aus, als hätte sie ein leichtes Bombardement hinter sich, und der Wind blies um alle Ecken, durch hier und da wie verbrannt wirkende Betonspalten, über denen sich menschenleere Plätze und verblasste, offensichtlich veraltete Reklameschilder erhoben, die von der einstigen Aktivität einer Einkaufspassage zeugten, ein gespenstisches, gräulich verputztes Gebäude, dessen Eingang mit Ketten verschlossen war. Getrieben von ich weiß nicht welcher verzweifelten Dickköpfigkeit fand ich schließlich doch den Turm der Lenoirs, in dessen Halle B ich feststellte, dass ich mit einem der beiden Aufzüge, deren Türen synchron vor einem Kühlschranklicht aufglitten und zwei mit einer dünnen graugestreiften Auslegeware bespannte Kabinen zeigten, noch die 27. Etage erklimmen musste. Kaum hatte ich den Knopf 27 gedrückt, hatte ich das Gefühl, senkrecht in eine von klangvollen Vibrationen durchzogene Leere katapultiert zu werden, und oben war im düsteren Licht dieselbe gestreifte Auslegeware an den Wänden, und man hatte erneut die Wahl zwischen zwei Türen, die einander gegenüberlagen, mit zwei identischen Fußabtretern, und man hörte das Pfeifen des Windes, der in diesen ganzen Beton eindrang. Die kleine, übertrieben geschminkte Frau mit rosa Haar, die mir die Tür öffnete, nachdem ich eine Zweitonklingel über den Initialen HCL hatte ertönen lassen, schien mich erwartet zu haben oder zumindest Besuch erwartet zu haben, und in dem Raum, den ich betrat, war es so hell, dass meine Augen sogleich zu tränen begannen und ich mein Taschentuch herausholen musste, während ich erklärte, ich sei ein alter Freund von Henri Lenoir und gekommen, um ihn zu sehen oder vielmehr wiederzusehen, sofern ich denn an der richtigen Tür geklingelt hätte. Ich bin Colette Lenoir, sagte die kleine Frau und senkte kurz ihre blauen Augendeckel, und ich erwartete, sie werde ihren Mann rufen oder er werde in der offenen Tür erscheinen, die zu einem Schlafzimmer zu führen schien, oder in der angelehnten anderen zur Küche, aber Colette Lenoir bat mich, Platz zu nehmen, indem sie auf zwei ebenfalls blaue, winzige Ohrensessel wies, die beiderseits eines Tischchens voller Porzellanfiguren standen und in denen man sich schwer Henri Lenoirs gewaltige Statur vorstellen konnte, dann setzte sie sich selbst, in einer recht anmutigen Haltung, wonach wir uns eine Weile nicht rührten und nichts sagten, als wären wir ein altes, dort in der 27. Etage dieses Turms erstarrtes Liebespaar, das war jedenfalls der Gedanke, der mir durch den Kopf ging, gemischt mit dem vagen Gefühl einer Bedrohung, das ich zu zerstreuen versuchte, indem ich ein Gemälde betrachtete, das an der Wand über Colette Lenoir hing, wahrscheinlich die Ansicht eines italienischen Sees, wohl aus dem 18. Jahrhundert stammend, die mir trotz der nebelhaften Ausführung greifbarer schien als diese schwebende Zeit in betonierter Höhe, in der ich mich befand. Kaum wollten meine Augen das Gemälde verlassen, begannen schwarze Fäden über das Weiß der Wände und über die weiße Bluse von Colette Lenoir zu flirren, und der Tränenfluss setzte wieder ein, sodass ich trotz der Niedergeschlagenheit, in die mich der Anblick von gemalten und realen Seen versetzt, und trotz der Üppigkeit dieser unglücklichen Glyzinien im Vordergrund, unaufhörlich zu diesem Bild zurückkehrte. Colette Lenoir zupfte an ihrem Ohrring, den sie abnahm, um ihr Ohrläppchen zu massieren, und dann wieder ansteckte, und fing an, mich mit einem sprudelnden Redeschwall wie ein kleines Mädchen mit den verschiedensten Themen ohne jeden Zusammenhang zu unterhalten, und ich fragte mich, ob sie nicht vielleicht gerade dabei war, verrückt zu werden. Im Nebenzimmer, wo ich neben dem Fußende eines Bettes ein verhülltes Möbelstück erkannte mit einem Spiegel darüber, an dem alle möglichen Kinkerlitzchen baumelten, wahrscheinlich eine Frisierkommode, rührte sich nichts. Wenn Henri beschäftigt ist ... , habe ich schließlich gesagt, einen Moment der Stille ausnutzend. Womit beschäftigt?, hat Colette Lenoir gefragt und ihre schmalen Brauen hochgezogen. Die Decke anzustarren? Das ist jedenfalls das einzige, was er den ganzen Tag lang macht. Sie hat mit den Schultern gezuckt, offensichtlich wenig geneigt, sich länger zu dieser Frage zu äußern, und ich habe verstanden, dass ich Henri Lenoir, aus welchem Grund auch immer, nicht sehen würde, den ich mir jetzt auf dem Bett im Nebenzimmer vorstellte oder möglicherweise an eine dieser medizinischen Matratzen gefesselt, von der aus er uns zwangsläufig hören musste und sich dennoch nicht bemerkbar machte, vielleicht tatsächlich zu nichts anderem imstande als die Decke anzustarren, unwiderruflich zu Reglosigkeit und Aphasie verurteilt. Dieses Bild legte sich über das von dem Henri Lenoir, der leidenschaftlich die bretonischen Strände absuchte, nicht zu bremsen, wenn es um die anatomische Perfektion der Kopffüßer ging, aber wie dem auch sei, Colette schien überhaupt nicht einzufallen, ihn mir zu zeigen, und mir kam der Gedanke, dass es Henri Lenoir womöglich in dieser Wohnung nicht oder nicht mehr gab, dass er womöglich seit Ewigkeiten begraben war, eine Hypothese, die ich plötzlich jeder anderen vorzog. Es ist sehr liebenswürdig, dass Sie mich empfangen haben, Colette, sagte ich darum, und es gelang mir fast, mit einem einzigen Schwung aufzustehen. Colette Lenoir nickte, ein winziges durchtriebenes Leuchten schien kurz in ihren Augen aufzublitzen, sogleich von einem erneuten Wimpernschlag neutralisiert, dann stand sie ebenfalls auf. Sie haben eine schöne Aussicht, sagte ich und zeigte auf die Wolken, um meine Eile, diesen Ort zu verlassen, zu mäßigen. Sie wandte das Gesicht den Fenstern zu, als wüsste sie nicht, was sie von dieser Aussicht denken sollte, von der ich für meinen Teil nichts dachte, außer dass es die Aussicht war, die man von dieser beängstigenden 27. Etage aus hatte, zu der ich, wieder am Fuß des Turms angelangt, die Augen hob und mir vorstellte, dass im selben Moment Colette Lenoir vielleicht die ihren in meine Richtung senkte, und plötzlich zweifelte ich daran, je dort hinaufgestiegen zu sein, auf der Suche nach Henri Lenoir, den ich jetzt völlig vergessen hatte, da mein Geist an das Gesicht dieser Frau prallte, die ich gerade verlassen haben sollte, obwohl ich sie nicht kannte, ebenso wie sie mich zum Sitzen in ihrem Wohnzimmer aufgefordert haben sollte, ohne irgendetwas von mir zu wissen, nicht mal meinen Namen, denn ich war nicht sicher, ihn ihr genannt zu haben. Der Wind, noch genauso heftig, verstärkte den irrealen Eindruck, den ich von meiner Anwesenheit am Fuß dieses Turms hatte, und am Ende dachte ich mir, dass es vielleicht ein Anfall von Demenz gewesen war, der mich an diesen Ort geführt hatte, wo ich mir den ganzen Besuch bei Colette Lenoir nur eingebildet hätte, sodass ich von einer gewissen Kopflosigkeit ergriffen wurde, in der ich mich um mich selbst drehte, ohne zu wissen, wohin ich sollte. Hundert Meter entfernt sah ich das Schild eines Elektrofachgeschäfts, zu dem ich rannte, zumindest schien mir, als rannte ich, und erst, nachdem ich eine Weile zwischen den Haushaltsgeräten und Fernsehern herumgelaufen war, die Etiketten gelesen und Knöpfe gedrückt hatte, fand ich halbwegs meinen Verstand wieder und konnte den Rückweg antreten, während ich mir den Kopf zerbrach, um irgendeine Ausrede für Madame Ambrunaz zu erfinden.

Zehn

Heute Morgen sitzt eine junge, rothaarige Frau in meinem Wohnzimmer, die vor einem widerspenstigen Tonbandgerät die Stirn runzelt, sodass ich, während sie an den Knöpfen herumfummelt, alle Zeit der Welt habe zuzusehen, wie die Sonne über ihr Haar wandert. Ich habe selten so prächtiges Haar gesehen. Ich verstehe das nicht, sagt die junge Frau, die Batterien sind neu. Und nun errötet sie und entschuldigt sich auf charmanteste Weise. Sie hat sich fast mit Gewalt Zutritt zu meiner Wohnung verschafft, aber jetzt kommt es mir vor, als sei ich es, der sich für alles Mögliche entschuldigen müsste, angefangen bei meinem Alter, ganz zu schweigen davon, dass mein zusammengerollter Pyjama ein paar Zentimeter von da, wo sie sitzt, gut sichtbar auf der Sofalehne liegt. Ich war nicht auf so eine Erscheinung vorbereitet und noch weniger auf dieses Interview, für das eine Tonbandaufnahme nötig ist, aber als sie vor der Tür stand, schien sie fest überzeugt, dass wir heute früh verabredet seien, und da ihr Haar ist, wie es ist, habe ich sie hereingelassen. Ich sehe wohl, dass ich mich angezogen habe und zwar halbwegs anständig, aber bin ich gekämmt? Wenn nicht, weiß ich sehr genau, wie ich aussehe. Das Versagen des Tonbandgeräts verursacht auf jeden Fall bei dieser jungen Frau eine Bestürzung, von der ich nicht weiß, wie ich sie lindern soll, bestimmt nicht, indem ich einen Blick darauf werfe, denn ich habe wohl bemerkt, dass es sich um ein winziges digitales Gerät handelt, dessen Fähigkeiten die meines Hirns von heute übertreffen dürften, sondern indem ich vorschlage, langsam zu sprechen, sodass sie sich Notizen machen kann. Erstmal schlage ich vor, dass wir in die Küche gehen und Teewasser aufsetzen. Das werde ich nutzen, um im Flurspiegel meine Erscheinung zu überprüfen und zu korrigieren, was korrigiert werden muss. Nun stehen wir also beide stumm vor dem Wassertopf in der Küche, die ich durch ihre rothaarige, frische Gegenwart plötzlich so wahrnehme, wie sie ist, wie auch den Rest meiner Wohnung, nicht nur die Unordnung, sondern auch den Schmutzfilm, unter dem alles erstarrt ist, Wände, Decken, Fenster, die trüben Farben, die verblichenen Teppiche, das Wirrwarr der Verlängerungskabel – und auf jedem Gegenstand, nach dem ich greife, wie dieser schartigen Teekanne, auch noch meine abgenutzte Hand. Jetzt mache ich mir Sorgen, während ich mit einem Tablett ins Wohnzimmer zurückgehe, dass meine Besucherin mich nach der Toilette fragen könnte (habe ich wenigstens gespült?) und was ich ihr wohl auf die Fragen antworten könnte, die sie offensichtlich vorbereitet hat, denn da sitzt sie nun, nach einem strahlenden Lächeln, über ein Heft gebeugt, mit ihren herrlichen Locken, die über die Seiten streifen, wie eine glückliche Folge, die erste und wahrscheinlich einzige, meiner wissenschaftlichen Krönung – denn ich bin immerhin Wissenschaftler, sage ich mir in einem Anflug von ich weiß nicht was. Weil diese sehr junge Frau in meinem Wohnzimmer sitzt und, während die Minuten verstreichen, eine Art absurde Ausgelassenheit weckt, eine dieser Hoffnungen, die man offenbar nie zu nähren aufhört. Ist das der Moment, ihr zu sagen, dass ich bis hin zur Gravitationsformel alles vergessen habe und dass nun wirklich jeden Tag Entdeckungen gemacht werden und wir trotzdem in grundsätzlicher Unwissenheit verharren? Genauso gut könnten wir ein anderes Gesprächsthema wählen, sie und ich, und tatsächlich scheint sie eins parat zu haben, denn ich höre sie etwas über meinen Bruder fragen. Offenbar hat sie diese Frage sogar aus ihrem Heft gefischt. Ihr Bruder, der Schriftsteller, wiederholt sie etwas lauter, da ich anscheinend nicht begriffen habe. Ach, natürlich, mein Bruder, sage ich. Jetzt muss ich nur noch erfassen, was sie mir erklärt – oder mir erneut erklärt –, nämlich dass die Literaturzeitschrift, für die sie arbeitet, ein Dossier über meinen Bruder plant, weshalb sie auf die Idee gekommen ist, ihm nahestehende Personen zu befragen, ein Vorgehen, das er sogar selbst vorgeschlagen hat. Sie hat ihren Bleistift in der Hand und ist bereit, einen Kommentar zu notieren, der auf sich warten lässt. Tatsächlich prüfe ich die Frage, zumindest sehe ich aus, als prüfte ich die Frage, denn das, was ich in Wirklichkeit wahrnehme, sind die lächerlichen Zuckungen meiner Illusionen und das Zappeln meiner winzig kleinen Eitelkeit – denn eine Eitelkeit habe ich wohl, sage ich mir. Vierundzwanzig Bücher in dreißig Jahren, vierundzwanzig Erfolge, fügt sie hinzu, sicher als Köder. Ich nicke, sicher etwas zu lange. Was denken Sie zum Beispiel über sein letztes Buch?, fragt sie, als wäre eine einfache Frage angebracht. Ich denke darüber, dass ich es noch gar nicht aufgeschlagen habe, obwohl es hier irgendwo sein muss, weil ich es letzten Monat gekauft habe, in dieser Buchhandlung auf den Champs Elysées, an der ich zufällig vorbeikam und vor der mir eine endlose Warteschlange auffiel, an deren anderem Ende ich, ganz hinten unter seinem großformatigen Foto, meinen Bruder an einem Tisch auf einer Art hell erleuchtetem Podium sitzen sah, eingerahmt von zwei kräftigen Typen in dunklen Anzügen, beide mit Ohrhörer und damit beschäftigt, aus zusammengekniffenen Augen die Menge zu mustern. Die Haare meines Bruders waren von strahlendem Weiß, und seine Bücher stapelten sich auf allen möglichen Verkaufsständern. Meine erste Regung war, an der Schlange entlang zu ihm hinzugehen, aber er wirkte sehr beschäftigt und die beiden Typen neben ihm schienen entschlossen, jede verdächtige Regung zu unterbinden, sodass ich es mir anders überlegte und, nachdem ich zwei Exemplare erworben hatte, fast eine Stunde in dem Stimmengewirr wartete, um schließlich etwas betäubt an seinem Tisch vorstellig zu werden, auf den ich das für Madame Ambrunaz bestimmte Exemplar legte. Mein Bruder hatte sich zu jemandem umgedreht, er verlangte noch eine Flasche Mineralwasser, diesmal gekühlt, wenn möglich, und ab jetzt keine Fotos mehr, verkündete er und klopfte auf seine Uhr, und an der Art, wie er ohne einen Blick für mich nach dem Buch griff, spürte man, dass er einen Gang zulegen wollte. Ich hatte das Licht zweier Scheinwerfer direkt im Gesicht und fing an, meine Brillengläser abzuwischen, hinter denen ich nicht mehr viel sah, aber ohne sie auch nicht, sodass ich seinen Kopf als rote, ziemlich gereizte, weiß umkränzte Masse wahrnahm, etwas wie ein Stück Fleisch, das gerade in schaumiger Butter brutzelt. Ach du bist's, hat mein Bruder gesagt, und ich habe hastig die Brille wieder aufgesetzt. Er schien nicht besonders erstaunt, aber mir ist eingefallen, dass dieses Verhalten, neben der gezügelten Gereiztheit, typisch für ihn ist. Ich bin's, habe ich gesagt und ihn angelächelt, im Bewusstsein dessen, was ihn nach mir noch erwartete, und mit dem Gefühl, unschätzbare Zeit zu beanspruchen. Mein Gott, ich kann nicht mehr, hat mein Bruder gesagt und das Buch – *Der Golfstrom* oder *Golfstrom*, glaube ich – auf der Titelseite aufgeschlagen. Ich auch nicht, habe ich gesagt – immerhin hat er gesessen. Aber trotzdem, habe ich hinzugefügt, es ist ein Erfolg, was? Es ist jedes Mal ein Erfolg, hat mein Bruder geseufzt und verstohlen einen Blick auf die Warteschlange geworfen. Hast du mich gestern Abend gesehen? Gestern Abend?, habe ich wiederholt, ehe ich begriffen habe, dass er wahrscheinlich das Fernsehen meinte, wohin er ständig eingeladen wird, um über sein Werk zu sprechen, ein in der Tat recht beachtliches Werk, technisch tadellos. Unter den Scheinwerfern war die Hitze unerträglich, und ich hätte gern meinen Mantel aufgeknöpft. Gut, hat mein Bruder gesagt und nach seinem Stift gegriffen, was soll ich reinschreiben, *Für meinen alten dummen Bruder*, so etwas? Heben wir uns das lieber für mein Grab auf, habe ich vorgeschlagen, und ehrlich gesagt ist es für Madame Ambrunaz. Wie du weißt, ist sie ein Fan von dir. Aber ich habe mein eigenes Exemplar, habe ich sogleich hinzugefügt. Siebenhundert Seiten, alle Achtung! Wir leben in bewegten Zeiten, hat mein Bruder gesagt, man verlangt dicke Bücher mit starken Themen. Ich habe schwach mit dem Kopf genickt. Das ist das letzte dieser Trilogie, es müsste dich interessieren, hat er dann gesagt und mir das signierte Buch gereicht. Er hat mich einen Moment über den Brillenrand hinweg fixiert. Wir werden alt, das ist eine Tatsache, hat er festgestellt. Ja, habe ich geantwortet, wir haben keine Minute mehr zu verlieren. Gott sei Dank lässt meine Inspiration nicht nach, hat mein Bruder gesagt. Das ist ein Glück, habe ich zustimmend erwidert. Ich habe das Exemplar von Madame Ambrunaz wieder in die Tüte gesteckt und überlegt, ob ich meinen Bruder umarmen sollte, aber dafür hätte ich mich über den Tisch beugen müssen, also habe ich ihm nur meine feuchte Hand gereicht, dann habe ich aufs Geratewohl den beiden reglosen Wachmännern zugenickt und bin gegangen.

Elf

Aber jetzt muss ich mir erst einmal einfallen lassen, was ich der jungen Frau antworte. Da kommt Madame Ambrunaz herein, und ich stelle sie als just eine der begeisterten Leserinnen meines Bruders vor. Aber Madame Ambrunaz verkündet, nachdem sie einen höchst reservierten Blick auf die junge Frau geworfen hat, just das letzte Buch meines Bruders sei keinen Pfifferling wert, und übrigens habe schon das vorletzte das Schlimmste befürchten lassen, woraufhin sie sich in misstrauischem Ton erkundigt, aus welchem Grund hier von ihm die Rede sei. Nun ja, sage ich, zufällig ist Mademoiselle Journalistin. Wenn sie das ist, entgegnet Madame Ambrunaz und greift nach meinem Pyjama, dann sollte sie auch wissen, dass sie einen wissenschaftlich Gekrönten vor sich hat. Und als sie das gesagt hat, lächelt sie, was so selten bei ihr vorkommt, dass es mich beunruhigt. Eine wissenschaftliche Intelligenz ist eine objektive Intelligenz, fügt sie etwas kryptisch hinzu – das hat sie wohl kürzlich irgendwo gelesen –, woraufhin sie das Zimmer verlässt. Sie müssen Madame Ambrunaz in Ihrem Artikel nicht erwähnen, sage ich zu der jungen Frau, mein Bruder könnte es falsch auslegen. Er schreibt nämlich wie andere missionieren. Zu meinem großen Bedauern notiert die junge Frau diesen letzten Satz in ihr Heft. Obwohl er jetzt zurückgezogen im Chalet Ihrer Kindheit lebt, fährt sie dann fort, stehen Sie sich, wie er mir gesagt hat, doch recht nahe. Mein Erstaunen verbergend, überlege ich, wann ich zum letzten

Mal oben im Chalet war, rechne aus, dass es gut zehn Jahre her sein muss. Es war im Winter, und ich musste mehrere Stunden Zugfahrt ertragen, dabei beunruhigen mich Züge, mir ist schon lange der Drang abhandengekommen, der mich früher in Züge steigen ließ im Grunde einzig und allein, um plötzlich eine Landschaft auftauchen zu sehen. Dieses Gefühl, dass die Banlieue mit einem Streich ausradiert ist; und dann, man hatte ihre Existenz fast vergessen, taucht mit einem Mal diese leere Weite auf, ohne jeden Übergang. Es schien mir, dass sich dorthin, wohin ich an jenem Tag fuhr, in diese ständig vernebelte, in jeder Hinsicht bedrückende Natur, von einem Ende zum anderen geschwärzt von Tannen, niemand je freiwillig begebe könne, ich war also beim Einsteigen auf einen leeren Waggon eingestellt, aber nichts dergleichen, und ich wunderte mich wieder einmal darüber, worauf die Menschen ihre Existenz verwenden, was sie in diese Richtung – die Vogesen – treibt, ohne dass irgendetwas in der Art, wie sie ihre Plätze einnehmen, auch nur die geringste Befürchtung oder den geringsten Widerstand verriete, ebenso wenig jenen Heldenmut, den ich persönlich bewiesen hatte, indem ich meine Fahrkarte kaufte. Mein Nachbar stellte sich als kleines mageres Männlein in braunem Anzug heraus, mit einem langen, dürren Hals und weit vorspringendem Adamsapfel, von dem ich mich sogleich abwandte, obwohl mich sein unglücklicher Besitzer liebenswürdig gegrüßt hatte. Drei Stunden Reise in Gesellschaft dieses hervortretenden Appendix und höchstwahrscheinlich des Computers, der binnen Kurzem aus seinem Köfferchen geholt werden würde, dachte ich gerade, als ich durch das Fenster die

Gestalt einer Frau sah, die mit eiligem Schritt den Bahnsteig entlang zum Bahnhofsgebäude lief, heller Regenmantel, tiefschwarzes dichtes Haar, und aus Angst, diese Frau könnte mich sehen, sank ich instinktiv in meinem Sitz zusammen und drehte mich zu meinem Nachbarn, der die Augen geschlossen hatte, sogar eingeschlafen zu sein schien, aber dennoch jeden Augenblick erwachen konnte und sich, sollte er mein Gesicht wenige Zentimeter neben seiner Schulter entdecken, mit vollem Recht über diese Nähe wundern würde. Da aber setzte sich der Zug in Bewegung, und während ich wieder eine angemessene Haltung einnahm, fragte ich mich, wen Maria Elena, wenn sie es überhaupt gewesen war – denn auch sie musste gealtert sein –, wohl zum Zug begleitet hatte. In meiner Erinnerung war der helle Regenmantel ein fester Bestandteil ihrer Erscheinung, wie auch das schwarze Haar, aber das Profil dieser Frau auf dem Bahnsteig hatte ich kaum erkannt, und es war nicht unmöglich, dass ich mir, im Geiste mit meinem Bruder beschäftigt, Maria Elena eingebildet hatte, die in meinen Gedanken mit ihm verbunden bleibt, wie sie wahrscheinlich in den Gedanken meines Bruders mit mir verbunden bleibt – man muss in der Tat nur etwas stärker an jemanden denken, damit sich sogleich jedes mit dieser Person verbundene Element zu materialisieren scheint, dasselbe gilt für unsere Toten, die man, in der ersten Zeit zumindest, fortwährend gänzlich unversehrt am Ende der Straße zu entdecken meint, wie sie gerade vor einem Schaufenster stehen oder in ein Taxi steigen. Mein Nachbar holte keinen Computer aus seinem Köfferchen, auch keine Akten, sondern den Roman eines ebenso anerkannten wie wenig gelesenen Autors – also nicht meines Bruders. Ich hatte die Augen unauffällig auf das Buch gerichtet, das ich kannte und das bei einem Lesezeichen aufgeschlagen war, ungefähr dort, wenn ich mich recht erinnere, wo die Flugzeuge dicht über den Wald fliegen und im Bunker Alarm ertönt, bevor wieder alles still wird. Wir haben vier Minuten Verspätung, hörte ich da meinen Nachbarn verkünden, als lese er vor, aber er las gar nicht, sein Blick glitt über die Landschaft, schon über die Felder, ich hatte ihr Auftauchen verpasst. Ich zögerte noch, seine Bemerkung zu kommentieren – was hätte ich auch sagen sollen –, als er sich in seine Lektüre vertiefte, die er nur unterbrach, als der Schaffner vorbeikam, woraufhin er sein Buch wieder öffnete, und ich bedauerte, nicht selbst etwas zu lesen mitgenommen oder am Bahnhof eine Zeitung gekauft zu haben, die mich hätten beschäftigt erscheinen lassen, denn bei meiner offensichtlichen Untätigkeit fürchtete ich, er würde denken, ich stellte Überlegungen über ihn an. Und in der Tat stellte ich einen Moment lang Überlegungen über ihn an, erwog, angesichts des braunen Anzugs, eine Zugehörigkeit zur Holzbranche, eine Stelle in einem der Sägewerke, von denen die Vogesen voll sind, eine Tätigkeit als Buchhalter oder stellvertretender Direktor, gewiss kein Vorarbeiter – eine zu zarte Hand, mit der er gerade eine Seite umgeblättert hatte – und erst recht kein Holzfäller. Ich schloss die Augen, richtete meinen Geist auf das, was mich da oben erwartete und was sich, aus welchem Blickwinkel ich es auch betrachtete, auf den Anblick feindseliger, endlos von eisigem Nebel durchzogener Tannen beschränkte. Nach Ankunft des Zuges nahm ich ein Taxi, dessen Fahrer ich die Adresse meines Bruders nannte. Da oben hat's heut Nacht doch geschneit, sagte der Fahrer, weiß nicht, ob ich hochkomme. Ich erklärte, wenn es nötig wäre, würde ich den letzten Kilometer zu Fuß zurücklegen, und wir fuhren los. Das Taxi setzte mich vor der winzigen Kapelle am Eingang des Weilers ab – vier verstreute Häuser und eine Scheune, dann hört die Straße auf, und man muss etwa hundert Meter einen schmalen, steilen Weg nehmen, um zu meinem Bruder zu gelangen. Der Ort war verlassen und wie immer schrecklich still, abgesehen von dem andauernden, gleichmäßigen Pfeifen des Windes und dem Knarren und Knacken der Äste, die hier noch das Lieblichste sind, was die Natur offenbart. Ich wartete ab, bis das Taxi davongefahren war, betrat die Kapelle und setzte mich auf die einzige Bank dem Altar gegenüber, vor dem das ganze Jahr eine Maria und ein Josef aus Ton in Lebensgröße knien, über mageres, trockenes Heu in der ansonsten leeren Krippe gebeugt. Weder Esel noch Ochse. Josef fehlt ein Arm, und Maria hat ihre Nase verloren, die auf dem Altar liegt und darauf wartet, zum x-ten Mal wieder angeklebt zu werden. Als Kinder hatten mein Bruder, meine Schwestern und ich ziemlich Angst vor ihnen, aber mit der Zeit sind ihre Gesichter pockennarbig geworden, mit Blasen und leicht gerötet, weshalb sie jetzt wie zwei erstarrte Trinker ein so erbärmliches Bild bieten, dass niemand auf die Idee käme, ihnen Jesus anzuvertrauen, der unauffindbar bleibt. Ich verließ die Kapelle und sah, dass der Nebel, der vom Tal aufstieg, schon bald den Weiler einhüllen würde, als wollte er mich zwingen, zum Chalet hinaufzusteigen, was ich mit langsamen Schritten tat.

Zwölf

Dort oben stieg Rauch aus dem Schornstein, und die Tür ging genau in dem Moment auf, als ich ganz außer Atem an der Tränke ankam. Victor erschien auf der Schwelle, streckte sich und sah zum Himmel, ließ den Oberkörper ein paar Mal kreisen, dann den Nacken, schnaubte wie ein Pferd und sah mich. Sieh an, sagte er. Ich hatte dich erst morgen erwartet. Ich hörte den tiefen, selbstsicheren Klang seiner Stimme, die mich schon immer an ihm gestört hat, in Fernsehstudios aber wahrscheinlich Wunder wirkt, dann standen wir uns eine Weile gegenüber, und er machte nicht den Eindruck, das Ganze abkürzen zu wollen. Na dann, komm rein, sagte er schließlich, wir werden nicht hier stehen bleiben und die Berge heizen. Und er ging mir voran ins Innere des Chalets, wo immer noch dasselbe dunkle, solide Mobiliar stand, die roten Sessel vor dem Bücherregal, die gestreiften Teppiche, der holzbeheizte Küchenherd, und es war recht warm, sodass ich flüchtig das Gefühl hatte, irgendwo angekommen zu sein. Irgendwas köchelte in einem Schmortopf, ein Geruch von früher, und Victor, der gerade Mittag essen wollte, stellte ein Gedeck dazu. Das ist wirklich köstlich, sagte ich nach den ersten Bissen. Ehrlich gesagt, fügte ich hinzu, nehme ich nicht mehr viel zu mir, hast du keine Appetitprobleme? Du hast doch nie gegessen, antwortete mein Bruder, das war immer ein Riesentheater, dich zum Essen zu bringen. Ach so?, sagte ich. Essen interessiert dich nicht, das ist alles, sagte er. Das kann schon sein, sagte ich und erzählte ihm, dass ich am Morgen geglaubt hatte, Maria Elena auf dem Bahnsteig zu sehen. Das würde mich wundern, sagte mein Bruder. Mir geht es ähnlich, sagte ich. Ich meine mich zu erinnern, dass es mit Maria Elena ein schlechtes Ende nahm, erklärte mein Bruder und setzte Wasser für den Kaffee auf. Hör mal, sagte ich, wir könnten nach so langer Zeit doch mal über Maria Elena sprechen. Lass dir zumindest sagen, fügte ich schnell hinzu, dass ich nie, weder damals noch später, etwas unternommen habe, was möglicherweise ... na ja, egal, was du denkst, du sollst wissen, dass ich, als sie mich am Tag nach eurer Hochzeit angerufen hat, natürlich nicht im Geringsten geahnt habe, dass sie dich verlassen hatte. Sie hat gesagt, sie wolle mich sehen, und ich habe begriffen, dass sie vor meinem Haus steht, aber nicht hochkommen will, also bin ich runtergegangen und habe sie im Café getroffen. Da hat sie mir mitgeteilt, dass sie dich verlassen hatte. Sie war ganz ruhig. Wie erstarrt, aber ganz ruhig. Ich habe sie gefragt, was sie jetzt vorhabe, sie hat nicht geantwortet. Nach einer Weile hat sie sich schließlich entschuldigt, mich gestört zu haben, ist aufgestanden, hat ihren Regenmantel zugeknöpft und ist gegangen. Und du hast sie gehen lassen?, fragte mein Bruder. Ja, sagte ich, ich habe sie gehen lassen, das habe ich gemacht. Du bist ein Schwachkopf, sie hat dich geliebt, erklärte mein Bruder und stellte Kaffee auf den Tisch. Darauf wusste ich nichts zu antworten, und so wuschen wir ab. Obwohl mir alles im Chalet, bis zum kleinsten Utensil, vertraut war, führte ich jede Bewegung wie ein Fremder aus, linkisch, unfähig, mir den Ort anzueignen. Mein Bruder schlug einen Spaziergang vor oder vielmehr, dass ich ihn bei seinem täglichen Marsch begleite, während ich persönlich es vorgezogen hätte, mich einen Moment hinzulegen, wie ich es zu Hause seit einiger Zeit jeden Nachmittag tat. Ich hatte vom Alter nie etwas Gutes erwartet, hatte kein Wunder erhofft und fand sogar, bis dahin nicht schlecht davongekommen zu sein, aber es hatte mich trotz allem überrascht, und als ich meinen Bruder ansah, der jetzt eine ganze Wanderausrüstung anlegte, gab es keinen Zweifel, dass ich ihm voranging auf dem Weg der Verkümmerung. Der Nebel war äußerst dicht geworden, und wir schritten durch die eisige Luft voran. Mein Bruder wandte sich nach links und begann mit großen Sätzen auf die Höhen zuzueilen, auf das, was wie ein Loch in dem grauen Himmel aussah und was wir eine halbe Stunde später erreichten. Wir standen jetzt auf einem Plateau, in der Mitte eine Art kiesgesäumte Arena, eine galloromanische Ruine, von der man bei schönem Wetter einen berühmten Ausblick hat. Ich stellte erleichtert fest, dass auch mein Bruder außer Atem war, und schlug vor, uns einen Moment auf die Steine zu setzen. Erinnerst du dich, sagte ich zu ihm, an den Tag, als du mich umbringen wolltest? Das war doch hier, oder? Aber mein Bruder zuckte die Schultern. Du solltest nicht versuchen, mich zu lieben, verkündete er, das ist absurd, das führt zu nichts. Ich sagte ihm, dass in unserem Alter nichts zu irgendetwas führe und dass die Absurdität über alles siege. Er drehte den Kopf zu mir und sah mich an, als wäre er erstaunt, zumindest glaubte ich, Erstaunen in dem einen Auge wahrzunehmen, das er mir zeigte, das andere war ganz in der Kapuze seines Anoraks verschwunden, und ein flüchtiges Gefühl, fast ein Anflug von Zuneigung, durchzuckte mich und verschwand in der Landschaft. Mein Bruder war aufgestanden und machte sich schon wieder an den Abstieg. Als wir am Chalet ankamen, ging er in den Holzschuppen, ich folgte ihm, und wir kamen die Arme voll mit Holzscheiten wieder heraus. Der Nebel hatte sich etwas aufgelöst, das heißt, er war vor allem in höhere Luftschichten gestiegen. Es blieben nur ein paar verspätete Streifen übrig, die nach oben gesogen wurden. Wir blieben einen Moment stehen und schauten ins Tal, wo kein Zeichen menschlichen Lebens zu erkennen war, kein Dach, keine Straße, nichts als steile, mit Tannen gespickte Hänge. Wenn man bedenkt, wie viele Jahre wir vor dieser Landschaft verbracht haben, sagte ich. Ich frage mich, sagte mein Bruder, wer nach uns hier wohnen wird. Wir haben noch ein bisschen Zeit, sagte ich, heutzutage, wo sie dir einen Magen fabrizieren, ein paar Ohren, einen Herzmuskel, alles was du willst, und in einem Regal stapeln wie ein beliebiges Industrieprodukt, muss man sich bald nur noch bedienen. Das Alter ist nur noch eine Krankheit wie jede andere. Ich habe nie verstanden, sagte mein Bruder, warum du dein Labor so plötzlich aufgegeben hast. Ich weiß es nicht, sagte ich. Ich bin eines Morgens hingegangen und plötzlich kam es mir ganz selbstverständlich vor, kehrtzumachen, also habe ich es gemacht. Aber ich bin deswegen nicht nach Hause gegangen, nach Hause zu gehen, hätte überhaupt keinen Sinn gehabt, an diesem Morgen ging es darum, und das war völlig klar, dem Labor den Rücken zuzuwenden, und ich habe sofort gespürt, dass es die richtige Entscheidung ist, wobei es nicht einmal wirklich eine Entscheidung gewesen war. Du hast das Gleiche gemacht, sagte ich zu meinem Bruder, an dem Tag, als du da plötzlich dein Beil eingeschlagen hast und diesen Hang hinunter ins Tal gegangen bist. Du hast an dem Tag die Entscheidung getroffen, dein Beil aufzugeben und das Beil unseres Vaters und das Beil unseres Großvaters, die beide Holzfäller waren, auch wenn unsere Mutter immer behauptet hat, unser Vater sei Tischler gewesen und kein einfacher Holzfäller wie unser Großvater. Wenn es nach unserer Mutter gegangen wäre, hättest du vermutlich Kunsttischler werden sollen, trotzdem hast du eines Morgens dein Beil da eingeschlagen, und ich habe an dem Morgen gesehen, wie du in Richtung Tal gelaufen und verschwunden bist. Aber sieh uns an, fast ein halbes Jahrhundert später, sagte ich, die Arme voller Holzscheite. Was hältst du von einer Partie Schach?, fragte mein Bruder. Ich nehme an, du bist immer noch nicht zu schlagen, fügte er hinzu, und diese Bemerkung machte mir nicht sonderlich Freude. Wir betraten das Chalet und verbrachten die verbleibenden drei Tage über das Schachbrett gebeugt. Ich blicke zu der rothaarigen jungen Frau auf. Nahe?, frage ich sie. Ja, es kann sein, dass wir uns in gewisser Weise und im Rahmen unserer Möglichkeiten nahestanden, mein Bruder und ich.

Dreizehn

Wenn die Hydra von einer Krabbe angegriffen wird, überlässt sie ihr einen Tentakel, der wieder nachwachsen wird. Das nennen die Meeresbiologen ein Trickopfer. In gleicher Weise fasse ich zehn Tage vor der offiziellen Verleihung meines Preises – in deren Erwartung sich Madame Ambrunaz ein Kleid gekauft hat, wie ich erfahre – die Möglichkeit ins Auge, sie als Vertreterin zu dieser Zeremonie zu entsenden, versehen mit ein paar Dankesworten, die ich auf einen Zettel schreiben würde und die sie mit eben der Überzeugung ins Mikrofon sprechen könnte, zu der ich mich außerstande sehe. Einstweilen, und weil ich durch eine Erkältung ans Bett gefesselt bin, spricht sie davon, Doktor Manière herunterkommen zu lassen, worauf ich entgegne, dass Doktor Manière Gerichtsmediziner sei. Seltsam übrigens, ich höre ihn in letzter Zeit nicht mehr. Und außerdem brauche ich keinen Arzt, sage ich, das ist nur ein ordentlicher Schnupfen. Wenigstens Medikamente, drängt Madame Ambrunaz, die befürchtet, dass es mir auf die Bronchien schlägt. Ich lehne auch die Medikamente ab, die alles nur beschleunigen, und öffne, auf meine Kissen gestützt, eine Biografie über Kaiser Konstantin, die mir mein Buchhändler in der Rue de Maubeuge empfohlen hat. Jedes Mal wenn ich diese Buchhandlung in der Rue de Maubeuge betrete, stoße ich dort auf andere Greise, wie ich auf der Suche nach historischen Werken, und dieser Buchhändler ist ein exzellenter Ratgeber, der sehr wohl weiß, dass die Vergangenheit in unserem Alter Ewigkeit bedeutet. Ich vertiefe mich in meine Lektüre, beruhigt durch die Tatsache, dass an dem, was stattgefunden hat, nicht mehr zu rütteln ist, ich will nicht aus dem Gleichgewicht gebracht werden, diese wissenschaftliche Krönung bringt mich aus dem Gleich- gewicht, wie auch die Aussicht auf diese Zeremonie, die sich jedes Mal, wenn ich die Augen von meinem Buch hebe, in Form der Einladungskarte materialisiert, die Madame Ambrunaz gut sichtbar auf den Kamin in meinem Schlaf- zimmer gestellt hat. Am Nachmittag beschließe ich aufzu- stehen, nur um nicht liegenzubleiben, und nachdem ich den Morgenrock und Pantoffeln angezogen habe, gehe ich ins Wohnzimmer, dann zum Wohnzimmerfenster, wo ich fest- stelle, dass alle ihre Regenschirme geöffnet haben. Unter mir sehe ich einen Wald von Regenschirmen, die sich ganz von selbst zu bewegen scheinen. In der Tasche meines Morgenrocks finde ich das Telegramm, das mir mein Bruder vor ein paar Tagen geschickt hat und das nur aus dem Wort Glückwunsch besteht, was Madame Ambrunaz schändlich wortkarg findet, ich aber sage mir, während ich das Telegramm zusammenfalte, es ist schließlich das adäquate Wort. Und plötzlich fällt mir wieder ein, wie einer meiner Professoren von früher, Monsieur Schenker, mitten in seiner Mathematikvorlesung unterbrochen wurde, um direkt in die psychiatrische Anstalt verfrachtet zu werden, nachdem er sich mehrere Wochen hintereinander an einem Wort fest- gebissen hatte. Ein Satz in einem Buch, das er veröffentlicht hatte und bei dem es sich nicht um ein Mathematikbuch, sondern um einen Roman handelte, enthielt nämlich das Wort *gelegt*, und Schenker war es plötzlich vorgekommen, sicherlich, nachdem er die Passage wiedergelesen hatte, als hätte das Wort *gestopft* besser gepasst. Irgendwo in der Geschichte wurde etwas, ich erinnere mich nicht mehr was, vielleicht sogar eine Leiche, in einen Kasten *gelegt*, während es, nach Schenker, richtiger gewesen wäre, dass dieses Etwas in einen Kasten *gestopft* wird. Nach einigem Nachdenken war er überzeugt, das auch geschrieben zu haben, weshalb er mitten in der Nacht aufstand, um sein Manuskript zu überprüfen, aber er fand tatsächlich das Wort *gelegt* und nicht das Wort *gestopft*, und danach fiel es ihm schrecklich schwer, wieder einzuschlafen. Obwohl das Buch bereits gedruckt war und in den Regalen der Buchhandlungen stand, ging Schenker, den wir meistens Schenk nannten, am nächsten Morgen zu seinem Verleger, um ihn zu bitten, alle im Umlauf befindlichen Exemplare zurückzurufen und das Werk mit dem angemessenen Wort neu zu drucken, dem Wort *gestopft*, das er gedacht hatte und das er hatte schreiben wollen und das er, durch eine Unachtsamkeit, die er sich nicht erklären konnte, letzten Endes nicht geschrieben hatte. Nachdem der Verleger selbstverständlich abgelehnt hatte, nicht ohne darauf hinzuweisen, dass die Verkäufe niemals auch nur den kleinsten Nachdruck rechtfertigen würden, eilte Schenker unverzüglich zum Drucker, den er, wie man sich erzählte, mit einem riesigen Heftapparat bedrohte, und dann zur Polizei, um dort seine Rechte geltend zu machen. Aber die Polizei wimmelte Schenker offenbar ab, der seinen Unterricht wieder aufnahm, aber ständig, wenn er auf dem Podest hin- und herlief oder man ihn in den Fluren traf, das Wort *gestopft* hervorstieß wie einen derben Fluch, was die Studenten zusammenzucken ließ, bis zu dem Tag, an dem man ihn kurzerhand mitnahm und in eine Anstalt steckte. Ganz eindeutig erweist sich bei einem allzu brillanten Hirn das Betreiben der Mathematik und vor allem der Logik als bedenklich für die geistige Gesundheit, seit den Anfängen der Mathematik gibt es Hunderte Mathematiker und Logiker, die von ihrer Obsession für die Mathematik und die Logik entweder in den Selbstmord oder ins Irrenhaus getrieben wurden, weshalb man gewiss sein kann, dass Schenker dort, wo man ihn einsperrte, von zahlreichen Kollegen empfangen wurde. Jetzt sitze ich in meinem Sessel, meine Füße in den Pantoffeln ruhen auf der Fußstütze, ich sehe meine nackten Knöchel, wie ich sie schon lange nicht mehr gesehen habe, und betrachte sie einen Moment, dann will ich meine Beine ansehen und ziehe meinen Pyjama hoch. Das ist alles trocken wie totes Holz. Ich erinnere mich, dass ich mit einem Satz über Zäune gesprungen bin, und jetzt bremse ich schon vor der Teppichkante. Und es gibt Tage, an denen ich nicht mehr als vier Wörter sage. So ist der Prozess. Das Wohnzimmer ist kalt, obwohl die Heizkörper voll aufgedreht sind, ich müsste Feuer machen. Aber wenn ich vor dem Kamin niederknie, komme ich nicht mehr hoch, als ich mich das letzte Mal vor den Kamin hockte, konnte Madame Ambrunaz noch so sehr mit all ihrer armseligen Kraft an meinen Armen zerren, ich musste auf allen Vieren zu meinem Sessel kriechen, an dem ich mich hochziehen konnte. Außerdem findet man in diesem Kamin, der mit allerlei Ramsch vollgestopft ist, darunter ein alter, ausrangierter Staubsauger, nichts mehr von all dem, was man braucht, um ein Feuer in Gang zu bringen, bis auf einen Kaminbesteckständer aus Messing. Diesen Kaminbesteckständer hat früher einmal meine Frau gekauft, die begeistert war von Dekoration, Accessoires und Gerätschaften aller Art. Tatsächlich haben wir uns in einer Eisenwarenhandlung kennengelernt, wo ich gerade den letzten verfügbaren rostfreien Spatel erworben hatte, einen gebogenen Spatel, den ich in meinem Labor verwenden wollte, genau das Modell, auf das meine Frau scharf war, die an diesem Tag einen streng geschnittenen Mantel aus grünem Leinen trug und sichtbar konsterniert und pikiert, ja geradezu außer sich darüber war, um wenige Minuten den letzten Spatel verpasst zu haben, was mich in diesem Moment noch nicht stutzig machte. Als sie die Eisenwarenhandlung betreten hatte, war ich sofort nicht nur von ihren Zähnen, sondern auch von ihrer majestätischen Kopfhaltung hingerissen, und dann führte eines zum anderen, wir heirateten, danach wurde mein Sohn geboren und meine Frau wollte ein Landhaus. Aber das Landhaus, ein schlichtes picardisches Bauernhaus, enttäuschte sie schließlich, weil sie es bald als undekorierbar einstufte, mit all den groben Balken und den groben unver-putzten Steinen, und da mein Gehalt als junger Wissenschaft-ler für nichts reichte, und die schlammige Picardie, die schmutzige Natur, wie sie sagte, ihre chronische, von Kauf-anfällen unterbrochene Depression verstärkte, stürzte sie sich schließlich aus dem Fenster und hinterließ mir Schränke und Schubladen voller Sachen. Am Anfang dachte ich, meine Frau sei unglaublich launisch, dann dachte ich, sie sei unglaublich dumm, und schließlich begriff ich, dass sie schrecklich krank war. Ihrem Leben ein Ende zu setzen, war in Wirklichkeit das Ziel ihres ganzen Daseins gewesen, eine fanatische Dekorateurin und obendrein eine fanatische

Selbstmörderin, wobei ein Fanatismus mit dem anderen abwechselte. Dieser Wechsel hatte mich zunächst fasziniert, bevor er sich als beunruhigend und schließlich als unerträglich herausstellte, und ich hatte versucht, meiner Frau zu helfen, wenn schon nicht ganz von dieser Störung zu genesen, doch wenigstens die Auswirkungen zu mildern. So hatte ich ganz naiv angenommen, ich könnte sie für meine wissenschaftliche Arbeit interessieren, die manchmal unterhaltsame Aspekte aufwies, aber sie interessierte sich nicht im Geringsten für meine wissenschaftliche Arbeit, wollte nichts von dieser Arbeit und von allem, was das Labor anging, wissen und ertrug nicht einmal mehr die kleinste Anspielung auf dieses Labor, und schließlich gab ich auf. Ebenso war es mit den wenigen Reisen, die wir unternahmen, die alle im absoluten Fiasko endeten, und mit dem Haus in der Picardie, noch ein gescheiterter Rettungsversuch, wonach ich mich völlig hilflos damit abfinden musste, überhaupt keine Unterstützung für meine Frau zu sein, die jetzt aus freien Stücken fast ihre ganze Zeit allein in dem Haus verbrachte, das sie hasste, wobei sie mich für ihre Vereinsamung verantwortlich machte. Womit sie ihre Tage verbrachte, habe ich nie erfahren. Jeden Morgen zog sie elegante Stadtkleidung an und setzte sich hin, in ihrem Stadtkleid, einem Kleid, wie man es in jenen sechziger Jahren trug, und in ihren Stadtpumps, inmitten der Balken und Terrakottafliesen, die ihre Verzweiflung verstärkten, starrte in den großen Hof, wo zur Zeit des Bauerngehöfts Kühe, Hühner und Schweine herumgerannt waren, und wenn ich sie abends anrief, bevor ich das Labor verließ, hatte sie mir nie etwas zu sagen. Ich erinnere mich noch,

dass sie sich, nachdem sie es aufgegeben hatte, das Haus zu
dekorieren, das heißt zunächst einmal alle Balken zu entfer-
nen, eine Zeitlang für eine Idee begeisterte, die ihr in den
Sinn gekommen war, den Bauernhof wieder aufleben zu
lassen, mit Kühen und Hühnern, allerdings keinen Schwei-
nen, aber einem Pferd, denn meine Frau hatte, bevor wir uns
begegneten, Reitsport betrieben und zwar auf ziemlich
hohem Niveau. Ich bestärkte sie sofort in dem Gedanken an
ein Pferd, woraufhin sie sofort auf das Pferd verzichtete, als
hätte ich ihr durch die Anschaffung eines Pferdes jede
Entschuldigung für ihre selbstmörderische Schrulle genommen. Nach ihrem Tod empfand ich nichts außer der intensiven
Erleichterung, sie nicht mehr jeden Abend anrufen zu
müssen, um ihre je nach Tagesverfassung trübsinnige oder
überdrehte Stimme zu hören. Ich schloss mich nicht in meiner
Wohnung ein, wie ich es Jahre zuvor getan hatte, nachdem
meine Schwester Louise mit ihrem Bischof davongelaufen
war, als ich wochenlang unfähig gewesen war, auch nur
einen Schritt aus der Wohnung zu tun, unfähig, die Vorhänge
zu öffnen und mich dem Tageslicht auszusetzen. Gleich am
Tag nach der Einäscherung meiner Frau, bei der nur eine
Handvoll Menschen versammelt waren, habe ich das Haus
in der Picardie zum Verkauf angeboten, ohne Bedauern,
dabei mochte ich damals diese endlosen Felder mit Chicorée
und Rüben. Aber ich weiß durchaus, dass heute jenseits der
verstopften Umgehungsstraßen Autobahnkreuze und
Schnellstraßen dorthin führen, dass Traktoren mit gigantischen Armen von Landwirten bedient werden, die noch
nichts von ihrem Krebs ahnen und einen leichten feinen
Regen herabrieseln lassen, den Chemikerhirne hervorge-

bracht haben. Und mir bleibt nichts anderes übrig, beispielsweise im Supermarkt, wohin ich auf Anweisung von Madame Ambrunaz gehe, um meine Linsen zu kaufen, als diese Komödie von Körben voller rustikaler Camemberts und in Kupferkesseln gekochter Konfitüren, voller Hausmacherwürste und von Vermeers Dienstmagd mit Milchkrug geschlagener Cremes hinzunehmen, die Komödie all der Produkte, die direkt aus einer Fabrik kommen, wahrscheinlich früher oder später auf einer Rückrufliste auftauchen und das Markenzeichen einer Nostalgie tragen, die durch den Barcodeleser geschoben wird und mir jedes Mal von einer kollektiven ängstlichen Verwirrung zu zeugen scheint, die ihre künstliche Beruhigung in den Dingen einer Vergangenheit finden soll, die man bei Bedarf wieder ausgräbt. Alles, was ich heute von der Modernität höre, ist das Raunen der Milliarden, die ohne Unterlass von einem Ende des Planeten zum anderen geschoben werden, von einem Computer zum anderen strömen, unsichtbar und nicht greifbar, und, ob es um Hühner oder Atomreaktoren geht, immer dieselbe vielstimmige Kakophonie von Folgekosten und angespannten Kapitalströmen, und nachts dieselbe Schlaflosigkeit für alle, denn das, was man noch wahrnimmt, wenn man in der Stille der Nacht die Ohren spitzt, ist das Vibrieren des Geldes, das niemals schläft.

Vierzehn

Jetzt, da ich schon fast wieder auf den Beinen bin, verfügt Madame Ambrunaz, dass ich als Vorbereitung auf die zu erwartenden Anstrengungen der nahenden Zeremonie ein paar Tage an die frische Luft muss. Als ich sie frage, was sie damit sagen will, höre ich ihren Vorschlag, eine kleine Spritztour nach Le Touquet zu machen, das sind ihre Worte. Es stellt sich sogar heraus, dass sie die Initiative ergriffen und ein Hotel kontaktiert hat, wo ihr für zwei Nächte ein Zimmer der oberen Kategorie zum Preis eines Standardzimmers zugesagt wurde, Frühstück inklusive. Mit meinem Auto und ihr am Steuer seien wir in kaum drei Stunden dort. Und wenn sie mich im Hotel abgesetzt habe, müsse sie nur über die Brücke fahren, um nach Etaples und zu dem Fischerhaus zu kommen, das die Witwe ihres Cousins dort besitze und in dem sie wohnen werde. So stellt sie sich das vor. Ich wusste nicht, dass Madame Ambrunaz je einen Cousin in Le Touquet hatte, der auf See verschollen ist, wie ich nun erfahre, nach dem Untergang seines Kutters. Tatsächlich hatte ich angenommen, sie habe überhaupt keine Familie, weil von der Fürsorge aufgezogen und nie verheiratet, weshalb wir irgendwann vereinbart haben, uns im selben Grab beisetzen zu lassen. Dieses Grab gibt es übrigens, wir haben es vor ein paar Jahren gemeinsam erworben, nachdem mich Madame Ambrunaz, die die Aussicht, mitten in der Stadt oder schlimmer noch in der Banlieue begraben zu werden, rigoros ablehnt, Unmengen von Friedhöfen auf dem Land hatte besichtigen lassen. Wir mussten also diesen Friedhof finden, den idealen Friedhof nach Ansicht von Madame Ambrunaz, denn ich persönlich pfeife darauf, also habe ich sie die Sache in die Hand nehmen lassen und mich ihren Vorschlägen meistens gebeugt. Bald war es die Bretagne, bald die Beauce, dann waren es die Pays-de-la-Loire, das Poitou und sogar Bonifacio, worüber Madame Ambrunaz gehört hatte, dass sich oberhalb der Stadtmauern der entzückendste Friedhof befände, mit Blick auf das Meer, den wir allerdings nicht erkundet haben. Saint-Tropez, schlug sie eines Tages vor, überzeugt, dass Brigitte Bardot, die sie seit Urzeiten unerschütterlich bewundert, nur in Saint-Tropez beigesetzt werden könne, und ganz gerührt von der Vorstellung, einmal tot in deren unmittelbarer Nachbarschaft zu ruhen. Mehrfach machten wir uns also auf den Weg, Madame Ambrunaz und ich, erkundeten dann vor Ort die Anlagen, prüften das Klima, schätzten den Zustand der Gräber ein und so weiter, bis sie sich schließlich für etwas in der Nähe von Chablis entschied. Nun sind wir also gemeinschaftliche Eigentümer einer Konzession im Herzen der Weinberge Burgunds, die zugegebenermaßen recht angenehm an einem Hügel gelegen ist. Dort also wird aller Wahrscheinlichkeit nach Madame Ambrunaz mich beerdigen und wahrscheinlich um mich trauern, aber ich bin nicht unzufrieden damit, dass sie es in der Umgebung dieser tröstlichen Weinberge tun kann und sich später dort zu mir gesellen wird. Maud Ambrunaz und Gilbert Kaplan wird man auf unserem Grab lesen können, ohne weitere Angaben als die Lebensdaten. Als das erledigt war, kam es mir so vor, als sehe Madame Ambrunaz ein paar Tage lang wie ein junges Mädchen aus, auf ihrem Gesicht lag eine Sanftheit, von der man in normalen Zeiten nicht die geringste Spur findet. Jetzt heißt es erst einmal, sie von dem Plan abbringen, nach Le Touquet zu fahren. Aber noch bevor ich über das kleinste Argument nachgedacht habe, teilt sie mir mit, dass wiederum meine Schwester Alice den Plan hat, ein paar Tage zu mir nach Paris zu kommen. Meine Schwester Alice hat also in der winzigen Zeitspanne meiner Abwesenheit angerufen, man könnte glauben, eine phänomenale Intuition informiere sie jedes Mal über die Tatsache, dass ich unterwegs bin und dass sie also die besten Chancen hat, eher auf Madame Ambrunaz zu treffen als auf die Unhöflichkeit, die ich ihrer Meinung nach am Telefon an den Tag lege. Nach dem, was mir Madame Ambrunaz ausrichtet, hat meine Schwester nicht nur vor, mich zur Zeremonie meiner Krönung zu begleiten, von der sie anscheinend viel Aufhebens macht, sondern sie will mich bei der Gelegenheit schon an den Tagen davor besuchen. Das ist eine sehr schlechte Nachricht, sage ich, und ich könnte nicht behaupten, dass Madame Ambrunaz anderer Meinung ist, und dann sitzen wir uns schweigend gegenüber, bis ich verstehe, dass eine Abreise nach Le Touquet der Ankunft meiner Schwester vorzuziehen ist. Meine Schwester, richtet mir Madame Ambrunaz aus, findet die Idee mit Le Touquet übrigens ausgezeichnet und hat erklärt, dass sie direkt nach unserer Rückkehr zu mir kommen wird, denn sie will auf keinen Fall den Empfang verpassen. Gut, wann fahren wir los?, sage ich, jetzt schon entsetzt von dieser Vorstellung. Morgen früh ist perfekt, antwortet Madame Ambrunaz. Dann haben Sie Zeit, Ihre Tasche zu packen, und ich, die Sandwichs zuzubereiten. Meine Mutlosigkeit ist grenzenlos, obwohl mir, während die Minuten verstreichen, die Reise nach Le Touquet fast denkbar erscheint, gemessen an dem, was mich danach erwartet: meine Schwester, dann diese Zeremonie. Ich beobachte das Kommen und Gehen von Madame Ambrunaz, ihre entschlossenen Trippelschritte. Was wäre ich ohne sie?, sage ich mir. Und wie werde ich meine Schwester Alice wieder los, wo es, wenn man nicht völlig durchtrieben ist, doch fast unmöglich scheint, sie loszuwerden. Wenn meine Schwester erst einmal in meiner Wohnung ist, wird sie fortwährend alles aufräumen und alles abstauben, sicher ist sie schon dabei, Stapel von Lappen und Schwämmen und elsässischen Glanzsprays in ihren Koffer zu packen, denn auch wenn sie behauptet, aus dem Elsass anzureisen, um meine Krönung zu feiern, so kommt sie in Wirklichkeit nur, um das Staubtuch zu schwingen. Wenn sie ankommt, wird mich meine Schwester umarmen und mir gratulieren, und drei Minuten später wird sie eins ihrer elsässischen Staubtücher in der Hand haben, eine Beleidigung für Madame Ambrunaz. Und wenn sie alles abgestaubt und nach ihrer elsässischen, der deutschen sehr nahekommenden Vorstellung von Ordnung aufgeräumt hat, wird mich jeglicher kohärente Gedanke verlassen haben. Meine Schwester wird es auch keineswegs versäumen, aus dem Küchenschrank die entsetzlichen mit Störchen verzierten Becher hervorzuholen, die sie mir irgendwann aus dem Elsass mitgebracht hat und aus denen sie ihren Tee wird trinken wollen, und auch die Kreuzstichdeckchen mit einem Gänsemädchen drauf, auf denen sie ihre Mahlzeiten wird einnehmen wollen. Tatsächlich bringt mir meine Schwester

Alice jedes Mal ein typisch elsässisches Geschenk aus dem Elsass mit, das Straßburger Münster auf einem Geschirrtuch, das Rezept für Zwetschgenkuchen auf einem Tortenteller, die Hochkönigsburg auf einem Milchkrug und so weiter, weshalb ich den Schrank, in den ich das alles verbannt habe, den elsässischen Schrank nenne. Außerdem wird mir meine Schwester auf die Nerven gehen mit ihrer Fürsorge und ihrer Hilfsbereitschaft, ihrer Unfähigkeit, länger als eine Minute sitzenzubleiben, ihrer ausschließlich von der Lektüre irgendeines elsässischen Klatschblatts genährten Plauderei und ihrem Blick, der mich versklavt. Nach der Hausarbeit wird sie noch in dieses oder jenes Museum gehen wollen, durch ihr elsässisches Klatschblatt über diese oder jene Ausstellung informiert, die man nicht verpassen darf, aber man sieht genau, dass meine Schwester Alice in einem Museum, anstatt sich die Gemälde und Skulpturen anzusehen, nur das Parkett und die Rahmen, die Fensterscheiben und die Uniformen der Wärter inspiziert. In jedem Saal, in dem es eine Bank gibt, setzt sie sich auf diese Bank, deren Polsterung sie sogleich testet und auf die sie mit der flachen Hand schlägt, um die Menge des aufsteigenden Staubs abzuschätzen, dann begibt sie sich zur Toilette, und wenn sie wieder auftaucht, empört sie sich über deren Unsauberkeit. In der Zwischenzeit hat sie sich selbstverständlich kein einziges Bild angesehen, höchstens ganz flüchtig, und wir müssen auch noch in dem Restaurant essen, das in diesem Museum eröffnet hat, wie sie jetzt in allen Museen eröffnen, und wo wir trotz des Ortes wie in einem ordinären Selbstbedienungsrestaurant für völlig überteuertes Essen Schlange stehen werden. Auf ihre Art liebt Ihre Schwester Sie, sagt mir Madame Ambrunaz. Aber mir ist nicht danach, geliebt zu werden, ich habe nur das Bedürfnis, mit liebenswürdigen Menschen Umgang zu haben. Und wie jedes Mal, wenn ich an meine Schwester Alice denke, muss ich an meine Schwester Louise denken, die ich so gern empfangen würde, mit ihrem Lachen, das einem jede Last von den Schultern nimmt. Ich denke inzwischen, dass Louise den Tod des Bischofs nicht überlebt hat, denn in dieser ganzen Zeit wäre sie doch wieder einmal bei uns aufgetaucht. Oder sie hat sich, wie mein Bruder glaubt, absichtlich in einem Slum oder einer Leprastation zugrunde gerichtet oder in irgendein tropisches Kloster zurückgezogen. Mit meiner Schwester Louise würde ich gern zu dieser Zeremonie gehen, die mir bevorsteht, meiner Schwester Louise könnte ich gestehen, dass mir nicht einfallen will, was mir diese feierliche Ehrung verschafft, und dass ich zu dem, was ich damals im Labor gemacht habe, heute nicht mehr im Stande wäre. Meine Schwester Louise würde im Gegensatz zu meiner Schwester Alice nicht so viel Aufhebens um die wissenschaftlichen Ehren machen, ebenso wenig wie um unsere wissenschaftlichen Methoden, die sie mir vorspielen würde, einer die ganze Woche über sein Mikroskop gebeugt vor einer Möhrensuppe, ein anderer einen Monat verbissen versuchend, mit einem Metermaß und einem Notizbuch einen Berg zu vermessen. Aber das sind Gedanken, mit denen ich mich heute Morgen besser nicht länger aufhalte.

Fünfzehn

Als wir endlich im Begriff waren, uns auf den Weg nach Le Touquet zu machen, musste doch noch ein Kissen von oben aus der Wohnung geholt werden, um den Fahrersitz zu erhöhen, denn Madame Ambrunaz, die seit geraumer Zeit weder dieses noch ein anderes Auto gefahren war, schien, als sie sich setzte, aus einem Grund, den wir uns nicht zu erklären vermochten, beträchtlich geschrumpft zu sein, und so fuhr sie schließlich, die Hände ums Steuer geklammert, höchst verärgert los. Sie musste dreimal ansetzen, ehe es ihr gelang, das Auto aus der Garage zu fahren, und bis wir die Porte de la Chapelle erreicht hatten, bekam sie die Zähne nicht auseinander. Auf dem Beifahrersitz, im Bewusstsein meiner Nutzlosigkeit, enthielt ich mich jeden Kommentars und dachte, dass wir im Fall eines Zusammenstoßes nicht nach Le Touquet fahren würden. Aber alles ging glatt und sogar ziemlich schnell, nachdem wir erst mal auf der Autobahn waren, wo Madame Ambrunaz mich bat, sie nicht anzusprechen, als ich ein paar harmlose Bemerkungen über diese und jene Auffälligkeit der Landschaft machte. Um elf Uhr aßen wir unsere Sandwichs auf dem Parkplatz einer Tankstelle, ohne auszusteigen. Am Flughafen Roissy hatte es angefangen zu regnen, und als wir durch die Picardie fuhren, dachte ich an meinen Sohn, der jetzt in unserem früheren Haus wohnt, dann hörte ich auf, daran zu denken. Ich sah das verbissene Profil von Madame Ambrunaz, ihre faltige Wange, ihre mageren Hände am

Lenkrad. Die von Wäldern unterbrochenen Felder zogen unter einem endlosen niedrigen Himmel vorbei, und alles verlor sich im Grau. Ich musste wohl geschlafen haben, denn völlig unvorbereitet erblickte ich die ersten Radfahrer auf den Alleen von Le Touquet, die Straße war von vereinzelten Villen mit tadellosem Rasen gesäumt, einige davon waren recht ansehnlich, andere erinnerten an glänzende Wohnwagen, wie in der Szenerie einer elektrischen Eisenbahn. Auf den Plakaten war fast ausschließlich von Golf, Reiten und Tennis die Rede, was auf einen ganz auf Sport ausgerichteten Ort hindeutete, außerdem von einer Schmuckmesse in einem Gebäude, in dessen Nähe sich mein Hotel befand, das mir sehr groß vorkam. Madame Ambrunaz parkte zwischen zwei Autos, die nicht die geringste Gemeinsamkeit mit meinem alten Renault hatten. Das Meer hatten wir immer noch nicht gesehen, aber sie versicherte mir, es sei keine dreihundert Meter entfernt, am Ende einer Hauptstraße, in der ich alle Geschäfte finden würde. Geschäfte gab es auch im Innern des Hotels, in Gestalt von Vitrinen entlang eines breiten, mit Teppichboden ausgelegten Ganges, von dem aus man in leere Seminarräume sah und an dessen Ende wir, geführt von einem jungen Hoteldiener, in einen Fahrstuhl stiegen. Dann fanden wir uns in einem lächerlich kleinen, überheizten Mansardenzimmer wieder, das vollständig mit Tapeten von undefinierbarem Grün tapeziert war und bei dessen Anblick Madame Ambrunaz das Gesicht verzog. Als wollte er uns für die offensichtliche Tatsache entschädigen, dass man mich unters Dach verbannt hatte, bediente der Hoteldiener zwei, drei Knöpfe, die zwei, drei Reaktionen auslösten, Rollläden,

Licht, und verschwand. Ich ging zu dem einzigen Fenster, von dem aus nichts zu sehen war, dann ins Badezimmer, und als ich herauskam, hatte Madame Ambrunaz schon meine Tasche ausgepackt. Meine Konstantin-Biografie lag bereits auf dem Nachttisch, daneben *Taifun*, das Buch, das mich vor jeder Hotelschlaflosigkeit gerettet hat, meine Sachen waren in dem winzigen Wandschrank verstaut, bis auf die Strümpfe, die zu vergessen mir gelungen war, wie mich Madame Ambrunaz informierte, während sie aus der Tiefe der Tasche einen dicken Ordner herauszog, den ich nach endlosem Zaudern schließlich mitgenommen hatte und der einen Haufen Notizen enthält, die ich früher im Labor gemacht habe. Und als sie mich fragte, was ich mit diesem Ordner vorhätte, sagte ich, dass ich keine Ahnung hätte, dass ich in Wahrheit vermutlich gar nichts damit machen würde, ihn aber trotzdem mitgenommen hätte, um möglicherweise darin gewisse Details zu überprüfen, damit ich nicht völlig ahnungslos zu der Zeremonie käme. Madame Ambrunaz legte den Ordner kommentarlos auf den Tisch, verstaute meine Tasche ganz unten im Schrank und setzte sich dann neben mich auf den Bettrand, immer noch im Mantel, den auszuziehen ich sie bat, weil sie doch sicher noch ein paar Minuten Zeit habe, sagte ich, ehe sie zu ihrer Cousine nach Etaples fahren und mich dieser albtraumartigen Le-Touquet-Sommerfrische überlassen würde, in die sie mich geschleppt hatte. Sie entgegnete, dass sie wetten würde, dass mir Le Touquet nach ein paar Stunden Akklimatisierung gefallen werde, und sie werde mich sowieso nicht verlassen, am Nachmittag würden wir zusammen Strümpfe für mich kaufen gehen und dann zum

Strand, der breit und prächtig sei. Danach zögerte sie einen Moment und gestand mir ganz unvermittelt, dass sie mich hinsichtlich ihres Cousins angelogen habe. Ach ja?, sagte ich, plötzlich interessiert. Unverwandt auf den Teppichboden starrend, erklärte Madame Ambrunaz, jener sei in Wirklichkeit gar nicht mit seinem Kutter auf See geblieben, sondern sitze heute und wahrscheinlich für den Rest seiner Tage im Gefängnis, denn er habe unter ungeklärten Umständen jemanden ermordet. Bei einer Rauferei, erläuterte sie, und über das Wort musste ich lächeln, was sie zu erleichtern schien. Ich nehme an, dieser Cousin hatte auch nie einen Kutter?, fragte ich, aber es kam heraus, dass er durchaus einen gehabt hatte, weil er Fischer gewesen war, und sogar ein sehr geschickter Fischer. Diesen Kutter, der das Einzige war, was er besessen hatte, hatte seine Frau übernommen, nicht um selbst zu fischen natürlich, sondern um damit an einer Kutterfahrt interessierte Urlauber herumzufahren, und davon fanden sich recht viele. Einige verlangten sogar, zur Zeit des Fischfangs aufzubrechen, also in der Nacht, um völlig in die authentische Atmosphäre des Fischfangs einzutauchen. Die Frau des Cousins von Madame Ambrunaz machte also mit ihnen eine große Tour durch die Bucht, sie durften sich mit der Winde und den Tauen amüsieren und verschiedene Geräte an Deck bedienen, aber es ging selbstverständlich nicht mehr darum, den Laderaum, der seit der Inhaftierung ihres Mannes leer geblieben war, mit Fisch zu füllen. Die Fahrgäste wussten natürlich nicht, dass sie auf dem Kutter eines Mörders waren, geführt von der Frau eines Mörders, denn der Mord hatte acht Jahre zuvor stattgefunden, weiter nördlich hinter Boulogne-sur-Mer im Dorf

Audinghen, um ganz genau zu sein, wo das Paar gelebt hatte, bis sich die Frau des Cousins als angebliche Witwe in Le Touquet niedergelassen hatte. Übrigens mochte Madame Ambrunaz die Frau ihres Cousins, also praktisch ihre Cousine, nicht besonders, die seit dem Tag der Verhaftung ihres Mannes nie mehr von ihm gesprochen hatte und auch nicht auf ihn angesprochen werden wollte. Sodass Madame Ambrunaz, der ihre Cousine zunächst die Geschichte vom Schiffbruch serviert hatte, immer noch nicht wusste, in welchem Gefängnis ihr Cousin sich heute befand, der genauso gut entlassen worden oder entflohen sein konnte, das wusste niemand. Nachdem sie das gesagt hatte, stand Madame Ambrunaz auf und erklärte, sie werde jetzt gehen, ihre Cousine erwarte sie trotz allem in Etaples. Ich schlug ihr vor, falls die Angelegenheiten dort eine unangenehme Wendung nehmen sollten, nicht länger zu bleiben, vielmehr mit Sack und Pack zu verschwinden und bei mir im Hotel einzuziehen, wo sich bestimmt noch ein freies Zimmer wie dieses finden werde. Madame Ambrunaz sah sich schulterzuckend um, erklärte, das sei tatsächlich eine Abwechslung zu meinem Zimmer in Paris, empfahl mir, die Heizung runterzudrehen und mich einen Moment hinzulegen, dann werde sie wiederkommen und mich abholen. Ich hatte plötzlich das Bedürfnis, ihr zu sagen, wie gern ich sie hatte oder etwas Ähnliches, aber mir fiel nichts ein, was uns nicht beide aus dem Gleichgewicht gebracht hätte, und als sie gegangen war, legte ich mich auf das Bett, öffnete *Taifun* und empfand das dringende Bedürfnis, vielleicht zum hundertsten Mal, in diesem Text voller Dampfspille, Lieken und Seisings, Backborddavits und Steuerborddavits, lauter nautischer Dinge, deren Funktion ich nicht kenne, den unerschütterlichen und schweigsamen Kapitän MacWhirr auftauchen zu sehen, ungerührt, wie dort geschrieben steht, unter den Schaumbergen eines tobenden Chinesischen Meeres, vorgebeugt auf der Brücke seines Dampfschiffs, das, auch das steht dort geschrieben, extravagante Gieren ausführt, ihn also zu sehen, diese massige, trotzige und nasse Gestalt, wie er versucht, gegen den Wahnsinn der Wogen und in ungerührter Hartnäckigkeit den obersten Knopf durch das Knopfloch seines Ölzeugs zu drücken.

Sechzehn

Später am Nachmittag war ich mit Madame Ambrunaz am breiten Strand von Le Touquet, in einem Wind, der uns verbot, länger als eine Viertelstunde dort zu bleiben, gerade lange genug, um die Strandsegler über den feuchten Sand sausen und ein paar Hunde rennen zu sehen. Wir kehrten also zum Auto zurück und erblickten auf der Düne eine leicht beschlagene Glasfront, hinter der man Gestalten in weißen Bademänteln sehen konnte, reglos in Liegestühlen vor dem Ozean aufgereiht, wie man die Insassen eines Sanatoriums vor den Bergen aufgereiht sehen kann, erstere wegen ihres Rheumas, letztere wegen ihres Pneumothorax. Madame Ambrunaz sagte mir, dass es dort, in direkter Verlängerung dessen, was mir wie ein Krankenhaus am Meer vorkam, ein Hotel gab, und dass sie überlegt hatte, mir dort ein Zimmer zu reservieren, denn ein paar thalassotherapeutische Anwendungen hätten mir gewiss sehr gut getan. Und sie zeigte rechts auf ein betoniertes Gebäude mit einer Reihe quadratischer Fenster, fast alle mit grauen Plastikvorhängen verhängt. Ich erklärte, eine einzige Nacht an diesem Ort, ja schon die bloße Tatsache, ihn zu betreten, hätte katastrophale Folgen gehabt. Wir stiegen ins Auto, verließen den gigantischen betonierten Parkplatz und fuhren langsam über den Deich vor einer Wand von Hochhäusern, zwischen denen eingezwängt alte Villen standen, die durch wer weiß welches Wunder dem großen Immobiliengeschäft entgangen waren. Plötzlich wurde es dunkel, die Laternen am Deich gingen mit einem Schlag an, und alles war trostlos, sagte ich mir, plötzlich bedrückt vom Gedanken an den Abend und die Nacht danach, die mich erwarteten. Was hatte es für einen Sinn, da zu sein? Und was war von dieser Ortsveränderung zu erwarten außer dieser Müdigkeit und dieser Beklommenheit? Man erwartet, dass sich etwas ändert, dabei ändert sich gar nichts, und es gibt hier nichts, woran ich mich festhalten könnte, sagte ich mir, jetzt geradezu verstört, während das Auto die Promenade verließ und in eine Nebenstraße bog, wo noch mehr Leute im Halbdunkel Fahrrad fuhren. Die Straße war rechts von Dünen, links von Häusern gesäumt, die meisten verschlossen, nur hin und wieder eines, das im Kontrast übermäßig erleuchtet schien und in dessen Innerem man deutlich weitere, umherlaufende Leute erkennen konnte. An einer verlassenen Kreuzung angekommen, zögerte Madame Ambrunaz, dann bog sie ab, wahrscheinlich aufs Geratewohl, denn wir fanden uns verloren in einem Wald wieder. Immerhin war es ein zivilisierter Wald, in dem man noch Wohnhäuser zwischen den Bäumen erahnte, aber wir trafen an jeder Kreuzung die schlechteste Wahl, sodass wir eine ganze Weile brauchten, ehe wir herauskamen. Plötzlich landeten wir, wie von diesem Wald ausgespuckt, auf einer riesigen Kreuzung, und etwas zurückgesetzt erblickte ich, an einem blinkenden Schriftzug zu erkennen, das Casino du Palais, in das ich, nachdem ich das Auto hatte anhalten lassen und mich hastig von Madame Ambrunaz verabschiedet hatte, hineinstürzte.

Siebzehn

Das Telefon weckte mich am nächsten Morgen. Madame Ambrunaz war unten an der Rezeption, dann stand sie an meinem Fußende, mit einem Frühstückstablett. Sie hatte Himmel und Hölle in Bewegung setzen müssen, damit man mir dieses Tablett heraufbrachte, denn es war Mittag. Mittag, sagte ich. Ich betrachtete das Tablett, dann das Zimmer, dann Madame Ambrunaz, und als ich ansetzte, ihr zu sagen, dass ich die ganze Nacht kein Auge zugemacht hätte, stellte ich fest, dass ich hervorragend geschlafen hatte und hervorragend in Form war. Ich biss in ein Croissant und verkündete, dass ich jetzt Le Touquet sehen wolle, ganz Le Touquet, den Hafen, wo immer er sich befinde, die Hauptstraßen, den Marktplatz, die Fischauktion, die Bucht von La Canche, den Sportflugplatz, ich war zu allem bereit. In der Rue Saint-Jean würden wir die berühmten Pralinen kaufen, wir würden im Café des Sports einen Käseauflauf bestellen, bis nach Stella laufen, das außerhalb der Saison einer verlassenen Westernstadt gleicht, wir würden bei Ebbe wieder an den Strand gehen, um sechzehn Uhr sei Ebbe, und warum nicht ein kleines bisschen Fahrradfahren, schlug ich vor, dann schob ich die Decke zurück und sprang geradezu auf. Madame Ambrunaz wollte wissen, aus welchem Reiseführer ich diese ganzen Informationen gefischt hätte. Kein Führer, sagte ich. Ich habe nur heute Nacht im Casino einen Freund gefunden. Ein Blumenhändler, Blumenhändler in Le Touquet, er verkauft, nehme ich an, alle Arten von Blumen, aber was ihn interessiert, sind Aloen. Das Gespräch war jedoch, wie ich mich auf dem Weg ins Bad erinnerte, nicht mit dem Thema der Aloen in Gang gekommen, auch nicht über Blumen im Allgemeinen, dieser Mann und ich hatten, bevor ich erfuhr, dass er Blumenhändler war, über alles Mögliche gesprochen, obwohl ich gar nicht die Absicht gehabt hatte zu sprechen, in diesem, zu der Uhrzeit, da ich es betrat, fast menschenleeren Casino mit noch zugedeckten Spieltischen. Wir beide waren allein in der Bar, wo ich einen Croque Monsieur bestellte. Er kam jeden Donnerstag dorthin, erzählte er mir als Auftakt des Gesprächs, nachdem er fünfzehn Jahre lang Casinoverbot gehabt hatte, denn er war früher das gewesen, was man einen Spielsüchtigen nennt. Aber jetzt kam er nur noch donnerstags und spielte nur noch Roulette. Niemals seit Aufhebung des Verbots hatte man ihn beim Black Jack gesehen, bei dem das Casino immer im Vorteil ist. Ich müsse, hatte er bemerkt, wenn ich in die oberen Räume gehen wolle, meinen Parka an der Garderobe lassen und den ganzen Sand aus meinen Sohlen klopfen. Eine Krawatte hingegen brauche man in diesem Casino nicht. Er wohne, hatte er verkündet, seit dreißig Jahren in Le Touquet, ein Ort, der in einem, wenn man zum ersten Mal den Fuß dorthin setze, sofort Fluchtinstinkte wecke, hatte er gesagt, und als er das sagte, fing ich ernsthaft an, mich für ihn zu interessieren. Auf Menschen, die es gewöhnt seien nachzudenken, hatte er hinzugefügt, wirke Le Touquet wie eine Gehirnwäsche, die sie natürlich nicht hinnähmen. Die Intellektuellen zum Beispiel machten unverzüglich auf dem Absatz kehrt, ich könne lange suchen, ich würde keinen einzigen Intellektuellen in den Straßen von Le Touquet finden. Oder es ergreife einen eine diffuse Beklemmung, dieselbe Beklemmung, die einen in der Schweiz ergreife, hatte er erklärt, obwohl die Schweizer weit furchterregender seien als die Bewohner von Le Touquet, denn in die Schweizer Sauberkeit mische sich das Schweizer Geld, die saubersten Menschen und das schmutzigste Geld, darin läge das Schweizer Paradox. Ich hatte inzwischen meinen Croque Monsieur aufgegessen, und während ich ihn mit seiner gemessenen und gelassenen Stimme reden hörte, spürte ich, wie meine eigene Beklemmung allmählich schwand. Er war siebzig und hatte sich vor drei Jahren darauf eingestellt, seinen Blumenladen zu verkaufen, aber als er ihn gerade verkaufen wollte, hatte ihn eine plötzliche Leidenschaft für die Aloen gepackt, und er behielt sein Geschäft schließlich. Etwas in der Luft, die man in Le Touquet atme, sorge dafür, dass man am Ende das Sterben nicht mehr fürchte, behauptete er, ja sogar, dass man überhaupt nicht mehr an den Tod denke, alle Stammgäste von Le Touquet wüssten das, und deshalb stellte er sich darauf ein, sehr alt zu werden, bei vollkommener körperlicher und geistiger Gesundheit. Er meine nicht die Luft im eigentlichen Sinne, die praktisch überall an der Küste die gleiche sei, sondern etwas in der Zirkulation dieser Luft, in dem Raum, der dieser Luft für Bewegung zur Verfügung steht, das man nur in Le Touquet finde. Nicht mal in Etaples, hatte er präzisiert, das doch auf der anderen Seite der Brücke liege. Ich hatte ihm daraufhin mitgeteilt, dass ich eben in Etaples eine Witwe kenne, eine Fischerswitwe. Das wundere ihn nicht, Etaples sei ein bei Witwen außerordentlich geschätzter Ort, aber auch bei Witwern, das sei halt so.

In Etaples mache man kein großes Theater um die Witwen-schaft, auch nicht um das Alter, über das es, sofern man es vernünftig und mit annehmbarer Gesundheit betrachte, übrigens nichts zu klagen gebe. Dann hatte er mich gefragt, was mich nach Le Touquet geführt hätte, und als ich ihm ein umfassendes Bild meiner Situation skizziert hatte, war mir diese im Beisein dieses Mannes plötzlich gar nicht mehr so belastend vorgekommen. Und als wir die Treppe hinauf-gingen, die zu den Spielsälen führte, dachte ich, dass ich zu viele Jahre lang geschwiegen hatte, dass es all diese Jahre niemanden gegeben hatte, mit dem ich reden konnte, und dass ich diese Tatsache als Schicksal hingenommen hatte. Sodass ich an diesem Morgen eine unverhoffte Wiederbelebung, ja fast so etwas wie einen gewissen Optimismus verspürte und Madame Ambrunaz und ich, sobald ich das Bad verlassen hatte, uns in den Trubel von Le Touquet stürzten. Am Tag nach unserer Rückkehr in die Rue Saint-Lazare hat Madame Ambrunaz das Zimmer für meine Schwester Alice herge-richtet und ist dann ins Wohnzimmer gekommen, wo ich in meinem Sessel saß, und hat sich auf das Sofa gesetzt, was sie nur selten tat. Wir sind müde, was?, hab ich gesagt und meine Zeitung beiseitegelegt. Madame Ambrunaz hat zugestimmt und dann erklärt, es sei jedoch eine gute Müdigkeit, die wir empfänden, und ich habe meinerseits zugestimmt. Madame Ambrunaz hat noch gesagt, sie für ihren Teil sei nicht unzu-frieden mit dieser Müdigkeit, und hinzugefügt, dass sie später die Fotos zum Entwickeln bringen werde, die sie in Le Touquet gemacht hat, weil sie es eilig habe, sie zu sehen. Ich habe gesagt, ich werde sie begleiten, und habe die Lektüre meiner Zeitung fortgesetzt, und als ich ein paar Minuten später wieder aufsah, saß sie immer noch auf dem Sofa, den Kopf an die Rückenlehne gelegt, die Hände flach auf dem Rock und blickte mich an. Immer dieselben Absurditäten in der Zeitung, sagte ich. Ich faltete die Zeitung in der Stille des Zimmers zusammen, ganz langsam, und bemerkte, dass meine Hände zitterten. Dann begann mein ganzer Körper zu zittern und die Dinge drangen in mein Bewusstsein in Form absurder, erschreckender Wörter, während ich außerstande war, von meinem Sessel aufzustehen, und ich betrachtete Madame Ambrunaz, die mich betrachtete und die völlig reglos auf dem Sofa saß und, das sah ich jetzt ohne jeden Zweifel, endgültig aufgehört hatte, mich zu sehen.

Achtzehn

Und während eine blasse Sonne endlich über den Weinbergen von Chablis aufging, flog der Hut von Doktor Manière in einer Böe auf und landete vor meinen Füßen. Der Doktor, der ein paar Meter entfernt die Landschaft betrachtete, schien es nicht zu merken, und der junge Priester hob ihn auf und gab ihn zurück. Der Doktor schien zunächst nicht zu verstehen, worum es sich handelte, dann griff er nach dem Hut und setzte seine Beobachtung des Panoramas fort. Wir waren zu dritt auf dem Friedhof, ohne die beiden Totengräber mitzuzählen, wahrscheinlich Weinbauern, die mit einem Traktor aus dem Dorf gekommen waren und Anstalten machten, zurückzufahren. Ich stand vor dem noch offenen Grab mit dem Sarg in der Erde, und als ich den Kopf hob, sah ich Doktor Manière von hinten, seine magere, dürre Gestalt, seine riesigen Ohren, und nichts entsprach meiner Vorstellung, die nun Erinnerung war. In meiner Erinnerung steht Madame Ambrunaz vor meinem Grab, und während sie um mich trauert, ist ihr doch bewusst, wie wir beide es uns vorgestellt haben, dass die Weinberge, die Kirche, der Anblick des Dorfes abseits des Friedhofs sie trösten werden. Mich tröstet nichts. Auch Doktor Manière hatte übrigens nichts in Richtung Trost unternommen, er handelte, von dem Moment an, da ich bei ihm geklingelt und er mir im Morgenmantel und ohne Gebiss aufgemacht hatte, ohne jegliche Gefühlsregung, aber immerhin hatte er gehandelt, unerwartet vernünftig und weit über seine Verpflichtungen hinaus, da er heute mit mir auf dem Friedhof war. Das Bestattungsinstitut war gleich nach seiner Diagnose von ihm benachrichtigt worden, Tradition und Trauerfeierlichkeiten seit 1820, wie auf den Formularen steht, und tatsächlich gab es auch nichts gegen die Art zu sagen, wie diese Leute die Sache in die Hand genommen hatten, nachdem Madame Ambrunaz in das für meine Schwester Alice vorbereitete Zimmer getragen worden war. Mein einziger Beitrag hatte darin bestanden, telefonisch und höchst kategorisch meiner Schwester Alice abzusagen, danach ließ ich Doktor Manière sich um meinen Bruder kümmern, dann um meinen Sohn und alles andere. Man hatte mich gefragt, da die Dinge nicht aufhören, ihren pragmatischen Weg zu gehen, auf welche Weise ich mich zum Friedhof begeben wolle, ob man die Anwesenheit von Verwandten von Madame Ambrunaz einplanen müsse, in welchem Fall ein Minibus gemietet werden könne, oder hätte ich vor, selbst mit meinem Auto hinter dem Leichenwagen herzufahren? Falls gewünscht, könne ich auch in diesem Leichenwagen mitfahren und dann auf dieselbe Weise in die Rue Saint-Lazare zurück-kehren. Ich sagte zu allem ja, oder vielmehr, keine Ahnung, ich lief ständig von meinem Sessel zu dem Zimmer, in dem Madame Ambrunaz lag, und nachts von meinem Bett zu dem von Madame Ambrunaz. In dem Zimmer waren ein paar große Skulpturen aus dem Atelier abgestellt, in dem ich mich an der Bildhauerei versucht hatte, nachdem ich das Labor und die wissenschaftlichen Fragen aufgegeben hatte, rings um Madame Ambrunaz, die auf dem Bett lag, sahen sie wie abstrakte Gestalten einer Totenwache aus. Mir fielen die Jahre der Bildhauerei wieder ein und die Verbissenheit, mit der ich gearbeitet hatte, so lange ich die nötige körperliche Kraft hatte, und nun schienen diese Formen, die ich nie mehr wirklich angeschaut hatte, in diesem Totenzimmer aus ihrer Abstraktion aufzutauchen, Mensch zu werden. Der junge Priester fasste mich an der Schulter, und ich sah, wie jung er war, fast noch ein Kind. Mit einer sanften Kinderstimme hatte er seine Predigt gehalten und dann *a capella* im Wind des Friedhofs gesungen, aber auch da war nichts, woran ich mich festhalten konnte, zu viel unschuldige Inbrunst. Er werde jetzt gehen, wie er mir schüchtern mitteilte, ich dankte ihm und dachte, dass er an dem Tag, an dem ich Madame Ambrunaz folgen würde, den Mann im Kopf haben würde, der ich gewesen war, so wie mir bis dahin sein Gesicht eines sehr jungen Priesters im Kopf bleiben würde und auf diese Weise die Möglichkeit, mir etwas von meinem eigenen Tod vorzustellen, den ich, als ich den Friedhof in Begleitung von Doktor Manière verließ, hinter mir zu lassen meinte. Wir, der Doktor und ich, stiegen in den Leichenwagen, und während der ganzen Rückfahrt schaute ich nur aus dem Fenster, wo es für mich nichts mehr zu sehen gab. Und als wir in der Rue Saint-Lazare ankamen, ich in meiner Wohnung und der Doktor in seiner darüber, herrschte eine Stille, wie ich sie nie zuvor erlebt hatte. An einem Abend in jener Woche ging ich noch einmal hinunter auf die Straße, wie Madame Ambrunaz es von mir verlangt hätte, und stieg mit meiner Einladungskarte in der Tasche in ein Taxi. Und als das Taxi mich abgesetzt hatte und ich die Stufen im Inneren eines hell erleuchteten Gebäudes erklommen hatte, sah ich, durch die breite Öffnung einer Doppeltür und unter den Lüstern und dem Glanz eines großen Salons, an dessen Ende sich ein Podium und ein Mikrofon befanden, eine Menge von Leuten, und unter all diesen Leuten sah ich auch die kleine Gruppe, die meine Schwester Alice, mein Bruder Victor und mein Sohn in seinem Ledermantel bildeten, aber keine Madame Ambrunaz und immer noch keine Louise, und ich ging nicht hinein.

Geboren wurde *Véronique Bizot* 1958 in Paris. Für ihr international erfolgreiches Romandebüt *Meine Krönung* (2011) erhielt sie den Grand Prix du Roman der französischen Schriftstellervereinigung und den Autorinnenpreis Prix Lilas. Bei Steidl erscheinen ihre Werke auf Deutsch, u.a. ihr Roman *Menschenseele* (2016), mit dem sie auf der Shortlist für den Prix Medicis 2014 stand, und ihr Erzählband *Die Heimsucher* (2015).

Véronique Bizot
Eine Zukunft

Steidl
Pocket

Roman
Aus dem Französischen von Tobias Scheffel
und Claudia Steinitz
144 Seiten
Steidl Pocket / Broschur / ISBN 978-3-96999-203-6

Ein nicht winterfest zurückgelassener Wasserhahn zwingt
Paul trotz Erkältung zur Reise. Er soll, nach dem plötzlichen
und rätselhaften Verschwinden seines Bruders, einen Rohr-
bruch im alten Familienanwesen verhindern. Der Ingenieur,
der sonst in Krisengebieten an Brücken und Staudämmen
arbeitet, begibt sich notgedrungen auf eine Expedition in
ein tief verschneites französisches Dorf. Was den Mann im
verlassenen Haus seiner Kindheit erwartet, erfordert jedoch
mehr als handwerkliches Geschick, und auch technisches
Gerät bringt hier keinen Segen mehr. Unter den Schnee-
massen zeigt sich, wie rissig und hinfällig alles geworden
ist. Bei Tütensuppe und Doregrippin, mit Blick auf einen
Fernseher ohne Ton beginnt Paul zu begreifen, wovor sein
Zwillingsbruder geflohen ist.

*»Aus einer üppigen Sprache formt Véronique Bizot einen luziden
Roman. Schmal aber bewegend, voller komischer Abschweifungen,
glücklich und verrückt. Zum Reinbeißen!«*—Le Figaro

Steidl Verlag • Düstere Straße 4 • 37073 Göttingen • steidl.de

Claire Keegan
Liebe im hohen Gras
Gesammelte Erzählungen

Aus dem Englischen von Hans-Christian Oeser
360 Seiten
Steidl Pocket / Broschur / ISBN 978-3-96999-122-0

Die meisterhaft komponierten Geschichten der irischen Autorin Claire Keegan erzählen von vielfältigen Enttäuschungen, großer Einsamkeit und nie nachlassender Hoffnung. Auf kleinstem Raum entfaltet sie ganze Lebensdramen und lässt uns an dem Augenblick teilhaben, der vielleicht alles verändert.

»Keegan bedient sich eines gedrängten Stils und einer nüchternen, präzisen, bildstarken Sprache. Mit wenigen Strichen zeichnet sie eindrücklich raumgreifende Miniaturszenen von atmosphärischer Dichte.«—Neue Zürcher Zeitung

»Claire Keegan zeigt sich mit Liebe im hohen Gras als wortmächtige Autorin, die der Kraft der Sprache misstraut.«
—Süddeutsche Zeitung

Steidl Verlag • Düstere Straße 4 • 37073 Göttingen • steidl.de

Sebastian Barry
Mein fernes, fremdes Land

Roman
Aus dem Englischen von Hans-Christian Oeser
und Petra Kindler
264 Seiten
Steidl Pocket / Broschur / ISBN 978-3-96999-120-6

Lilly Bere, neunundachtzig Jahre alt, will sich das Leben
nehmen, zuvor aber hält sie in einem großen Haushaltsbuch
ihre Erinnerungen fest. Nicht zum ersten Mal ist Lillys Tod
beschlossene Sache. Aus dem Irland der Zwanzigerjahre
musste sie mit ihrem Verlobten Tadg Hals über Kopf vor
der IRA nach Amerika fliehen. Als Tadg erschossen wird,
taucht Lilly in Cleveland unter, wo sie, immer auf der Hut
vor den Mördern, einen neuen Anfang wagt.

*»Ein Buch voller Trauer, Freude, Zärtlichkeit und Humor, eine
wunderschöne Geschichte.«*—Independent

»Ein Roman von Schönheit und Bitternis.«
—Dresdner Morgenpost am Sonntag

»Barry erzählt lyrisch schön vom Entsetzlichen.«—Focus

Steidl Verlag • Düstere Straße 4 • 37073 Göttingen • steidl.de

Sebastian Barry
Tage ohne Ende

Roman
Aus dem Englischen von Hans-Christian Oeser
272 Seiten
Steidl Pocket / Broschur / ISBN 978-3-95829-727-2

Thomas McNulty und sein Freund John Cole sind gerade
17 Jahre alt, als ihre Karriere als Tanzmädchen in einem Saloon
für Bergarbeiter ein natürliches Ende findet. Für den »miesesten Lohn aller miesesten Löhne« verdingen sie sich bei der
Armee und sind fortan unzertrennlich in Kriegsgeschäften
unterwegs. Angst kennen beide nicht, dafür haben sie schon
zu viel erlebt. Thomas ist vor dem »Großen Hunger« aus
Irland geflohen, hat die Überfahrt und die Fieberhütten in
Kanada überlebt, sich bis nach Missouri durchgeschlagen.
Wie ein irischer Simplicissimus stolpert er durch das Grauen
der Feldzüge gegen die Indianer und des amerikanischen
Bürgerkriegs – davon und von seiner großen Liebe erzählt
er mit unerhörter Selbstverständlichkeit und berührender
Offenheit. In all dem Horror findet Thomas mit John und
seiner Adoptivtochter Winona sein Glück.

*»Zeile für Zeile die faszinierendste Ich-Erzählung, der ich seit
Jahren begegnet bin.«*— Kazuo Ishiguro

Steidl Verlag • Düstere Straße 4 • 37073 Göttingen • steidl.de

Titel der französischen Originalausgabe:
»Mon couronnement«
Erschienen bei Actes Sud
© 2010, Actes Sud

1. Auflage dieser Ausgabe November 2022

© Copyright für die deutsche Ausgabe:
Steidl Verlag, Göttingen 2011, 2022

Lektorat: Melanie Heusel
Umschlaggestaltung: Paloma Tarrío Alves / Steidl Design
Buchgestaltung: Gwenda Winkler-Vetter / Steidl Design
Gesamtherstellung und Druck: Steidl, Göttingen

Steidl
Düstere Str. 4, 37073 Göttingen
Tel. +49 551 49 60 60
mail@steidl.de
steidl.de

Printed in Germany by Steidl
ISBN 978-3-96999-118-3

Auch als eBook erhältlich